山に雪ふる

矢島昭子

紅書房

山に雪ふる――目次

装丁・カバー、扉装画　木幡朋介
本文カット　西原口裕美

山に雪ふる

インコ

朝から素晴らしい五月晴だ、何となく気持がいい。昨日出来なかった洗濯物を籠いっぱい干し、シーツも洗った。二階の物干しに出ると向かいの山の青葉が風に揺れているのが見える。みどりの色が匂って来るような風だ。その時、その向かいの山から「カッコー」と、郭公の声が聞こえた。ほんとうにはっきりとカッコー、そしてまたカッコー、時々場所を替えて聞こえてくる。急いで書斎の夫を呼んだ。ここ二年ばかり何故か家の近くでは郭公が鳴かなかった。今年始めて聞く郭公の声だ。二人でしばらく物干しに屈み、二度三度カッコーの声を確かめ少し興奮した。

今日は何かいいことがありそうな予感がする。その予感が当たったのは夕方になってからのことだった。私はここ数年運動不足解消のために、暇があると歩くことにしている。せいぜい四、五十分であるが、じっとりと汗をかくことと、心地好い疲労感が心の癒しにもなってくれるのだ。

山裾の道、川べりの道、まだ歩いたことのない道をと、ただひたすら歩くことに清々しさがある。夫と一緒の時もある。そんな時は道のべの花の名や鳥の声などを探して歩く。車で通り過ぎてしまえばわからない、小さな自然の確かな営みに触れる幸せもある。

この日は、夕方、山際の小さな川沿いの道を歩いていた。川べりに畑の続いている道だったが、廃屋になっているらしい一軒のブロック塀に、蔦の若葉が盛り上がるように茂っていて、庭の大きな柿若葉の枝が川の上に伸びていた。私はその時、まったく何げなく横を向いた。柿若葉の中に鮮やかな黄色いものが見えた。立止まってよく見ると一羽の小鳥である。頭のあたりがちょっとオレンジ色をした黄色、それはまさしく鳥のインコではないか。私が見ても逃げようともせず、まんまるな可愛いい眼が何かを訴えているような気がした。もしかしたら、どこかの家で飼っていたのが逃げ出したものかも知れない。とっさにどうしようという案が浮かばない。なにしろ川を隔てた向う側なのである。

その時、少し離れた畑で植えたばかりのトマトの苗に水をくれている人がいた。「あの、あそこの柿の下の枝にインコが逃げもしないでいるんですが見て下さい」。その男の人はにこにこ笑顔で私に頭を下げて、インコのいる方へ歩いていった。その人が何とかするだろうと思い、私は汗だくの体で家路を急いだのだった。家に帰り夕食の支度をしている時だった。玄関のチャイムが鳴った。「Sと申します、家のインコを見付けて頂いてありがとうございます」と、若い奥さんであった。話を聞いてみるとSさんは二日前からインコが飛び出して、有線放送で捜索をお願いしていたという。私が声を掛けた畑の人がたまたまSさんの知人でインコを探していることも知っていて直ぐに連絡してくれたという。

Sさんが餌箱を持って行って「おいで」と呼び掛けると、すぐに飛んできたそうだ。

「疲れきっていたのでしょうね、籠の中でもう眠ってしまいましたよ」と、Sさんがいう。あの畑の人は私を前から知っていたのだと聞いてびっくりした。Sさんは深くお礼を言って帰って行った。偶然が重なり、インコは飼主のところへ無事に帰った。私がひょいと横を向かなかったら、畑の人に言わなかったら、インコはあの夜死んでしまったかも知れない。ペットと主人の深い絆を思った。五月晴のような爽やかな気持が胸いっぱいに広がり、一番うれしかったのは私かも知れない。

赤いスカーフ

旧年の暮に作家の中村真一郎氏が亡くなられた。享年七十九歳であった。文芸誌に近く始めることになっていた連載の『老木に花の』と題されるはずの原稿を、今年の夏の分まで書き終えていたという。私は中村氏について日本近代文学館理事長という肩書きのお偉いさんだぐらいにしか知らない。『死の影の下に』『四季』などの有名な長編も読んでいないが、新聞に載っていた死亡記事の長い銀髪の写真の顔に、私は一度お目にかかったことがある。そして今私が手に持っている一冊の本、『樹上豚句抄』は中村氏が私に送って下さったものである。見開きの一ページいっぱいに私への謹呈のサインが入っている。これは二年前の秋、軽井沢の塩壺温泉で中村真一郎氏と室生朝子さんの対談がラジオの公開録音で行われた時、司会のＩさんが俳句の友人であった関係で、たまたま私が対談の最後に中村氏に花束を渡すという思わぬことがあった。耳を覆うばかりの銀髪に長身のスマートな身のこなし、衿もとに覗かせていた赤いスカーフの色がとても印象的で、その時のことを書いたエッセイを「梟」に載せたのだった。何だかそれを中村氏に読んで頂きたくて、送ったのである。たくさんに送られてくるであろう書物のなかに埋まってしまっているだろうと思っていたある日、サイン入りのこの本が送られてきたのだった。『樹上豚句抄』というエッセイ集だった。

「某新聞紙上に『出あいの風景』と題する連載の小文を発表したが、俳句まがいのものを挿入したところ、望外の好評を博した。俚言に曰く『豚もおだてりゃ木に登る』と。よって『樹上豚句抄』云々と、名の由来が説明されている。

春寒く孤生は感を為し易し

「私は十八歳になったばかりの旧制高校の一年生の正月、同室者が故郷の親もとへ帰ってしまったあとの、がらんとした寄宿寮で、『唐詩選』を冷えた万年床のなかで読んでいて、中略…私だけが帰る炉端のないという絶望感は、その後の私の文学の一生を貫く主題となった。そうして、この句が私の句作の第一作となった。」とある。

インク壺書棚に凍る寒さかな

夕されば人声遠し冬木立

遅き日を亡き名かぞへて暮れにけり

花吹雪友ら皆世を去りしのち

ほんの一部をあげてみると、こんな一句一句に短いエッセイが綴られている。最初の夫人が亡くなられた後しばらく神経症になやまされて、なげやりな日々を送っていたときに、誘われて出た句会に、文壇の大先輩の久保田万太郎先生が奥の席にどっしりと座っていて参ってしまったとも書かれている。

いかなる種類の権力にも媚びることがなかったという、その純粋なるが故の孤独感をいつも持っていた人なのだと思う。ふとほとばしり出る俳句に心を和ませていたのではなかったか。私が送った「梟」に目を通して下さったのも、中村氏がきっと俳句が好きだったからだと思う。功なり名をとげた人生だとしても、美酒、美食の快楽だけでは癒せないもの、文学は人が生きていくために必要なものであることを、中村氏の眼光は語っていたような気がする。一期一会の出会いの不思議、中村真一郎氏の衿もとに覗いていた赤いスカーフの色を私は忘れない。

御柱

長野冬季五輪の開会式で披露され関心を集めた諏訪大社の建て御柱の妙技。今年の春は七年に一度行われるその御柱祭の年である。諏訪大社での「木落とし」や「川越し」などの華やかな行事の本物を一度見たいと思いながら、四月四日に行われた「木落とし」の日の人出が五万人などと聞くと尻込みしてしまう。人ごみは好きではない。テレビのニュースに映る映像からもその迫力は充分に伝わってくる。山奥から切り出した真っさらな大木を神木として建てることにどんな意味があるのか知らないが、崖のような木落とし坂の急斜面から落とされる神木に乗る男たちの顔は真剣そのもの、涙さえ浮かべている。振り落とされて御柱の下敷きになれば命を落とすかも知れない。そんな荒々しい祭りにのめり込ませる男の心意気って何なのか。
諏訪地方のデパートでは、一着二十万円もする金銀の縫い取りのある豪華な祭半纏がよく売れたという。それは夫の晴れ姿に心を込める妻の心意気でもあろう。

遠い祖先の魂の尾を曳きずるように御柱は里へ降りて、五月に行われる建て御柱の日を待っているところだ。

諏訪神社のある村や集落のそれぞれの御柱もまた七年に一度の行事なのである。私の町の腰越地区にある諏訪神社も、先日、町の商店街を通行止めにして、御柱の曳行のお練り行列がゆっくりと通って行った。緋の着物に金銀の模様の入った袴をはき、白鉢巻、白脚半をきりりと付けた小学生の女の子の薙刀行列がことに可愛らしく、顔の隈取りもにぎにぎしい男衆の行列もまたきらびやかに並んで、しんがりを御柱が大勢の掛声に合わせてずるように曳かれて行った。
朱の鳥居を塗り替え、拝殿の前の広場に白砂を敷き、幣を新しくし、行列に使う衣装万端を整えることなど、祭りの裏方はさぞ大変なことと思う。お金もかかることであろう。

七年に一度ぐらいがちょうどよい間隔なのかも知れない。が、祭りはやはり人の心を浮き立たせてくれる。それも伝統のあるものであればなおのことである。

先日、山の桜を見に行った帰りに立ち寄った小さな神社に、まだ立て替えない古い御柱が立っていた。見上げていると何か小さな虫のようなものが動いた。近づいて見ると木の割れ目から天道虫がいくつも這い出しているのだった。神の木とも知らずに御柱の割れ目の中で冬を越した天道虫、漆塗りのようにつややかな、くりくりした虫たちの素早い動きに私は感動していた。新しい御柱もまた割れ目に虫たちが住む日がくるのであろう。

七年に一度の祭りだから、この次は二十一世紀に入る。元気でいられるであろうか。山の木は大きく育っているであろうか。

祭りのあとの淋しさは逝く春のさびしさでもある。昨日通った山道の脇の畑でサラダ菜ぐらいの苗を植えている夫婦がいた。「何の苗ですか」と聞くと「煙草の苗です」と教えてくれた。二つ葉の煙草の苗はまだやわらかくたべられそうであった。

峡深く去りゆく春を尋ねけり　　渚男

鶏小屋

雛から育てた鶏を飼っている友人がいつも生みたての卵を届けてくれる。春、雪解けの峠を越えて岐阜県まで鶏の雛を買いに行くという。生まれたばかりの黄色い羽の雛を箱の中で育てる。電気炬燵に入れたり、布団を掛けたりして暖をとってやる。それこそ手塩にかけた鶏だ。大工仕事の得意な御主人が手間隙かけた手作りの小屋で、十羽ほどが毎日卵を生んでいるという。その卵の黄身の色濃くしっかりと盛り上がっていることに驚く。餌に畑で採れる野菜を刻んで混ぜているらしい。「今は玉葱の葉っぱが大好物なんですよ」と奥さんが言っていた。

子供のころ、私の家でも鶏を飼っていた。裏庭の隅に鶏小屋があり、金網を張った小屋の中に一本の止り木が横に伸びていてその下に卵を生む木の箱が置いてあった。お天気のよい昼間は鶏小屋の戸を開けて裏庭いっぱいに放していた。つつじの植込みや小さな竹藪があり、そんな草の中に卵を生んであることもあった。

夕方になると母が「と、と、と、と、」と鶏の鳴き声で鶏を小屋の中へ集めていた。小屋に入った鶏は金網に覆いが下ろされると、止り木に並んで丸くなって眠る体勢に入るのだった。私が母を真似て「と、と、と、と、」と鶏の声を出してみても、遊んでいる鶏を小屋へ集めることはなかなか難しいことであった。

戦後の食べ物の無かった時代である。毎日卵を生んでいたのに、毎日卵を食べた記憶がない。二、三日おきに卵を買いに来るおじさんがいたような気もする。

今では一大産業になっているブロイラーの鶏は、身動きも出来ないような小さなゲージの中で、夜も煌々と電気を灯して餌を食べ続けているという。いや、食べさせられているのだ。餌の中には抗生物質の薬まで入っていると聞けば、卵もうかうか食べられない気がするが、私は友人の家のおいしい卵に感謝している。

「鶏は暗くなると眼が見えなくなるから早く小屋へ入れなさい」と言われた子供のころの記憶で私は、鶏は鳥眼で夕方になると眼が見えなくなるものと思っていた。電気を付けて明るければ夜も見えることを最近まで知らなかった。

卯の花や棚田に水を積み上げて　　渚男

奥信濃の棚田の村を見に行った。山の中の小さな集落、早苗の根付いた青々とした小さな田んぼがまるで重なるように点在している。日本の原風景のようなところだ。夕方、その山道を散歩していると、学校の帰りらしい一人の小学生が私を追い越して行った。彼の下校道は棚田の見える山の中の家もない一本道である。いつも一人らしい。彼はやや細い木の枝のような一本の棒を手に持っていて、時々道の端のよく伸びた夏草をぱっぱっと、力を入れて払いながら急ぎ足で行ってしまった。

家は山の上の方にあるらしい。去って行く彼の背中のランドセルにマンガのシールが一面に張り付けてあった。そのとき私は、彼の家は今でもきっと庭の隅で鶏を飼っているに違いないと思った。

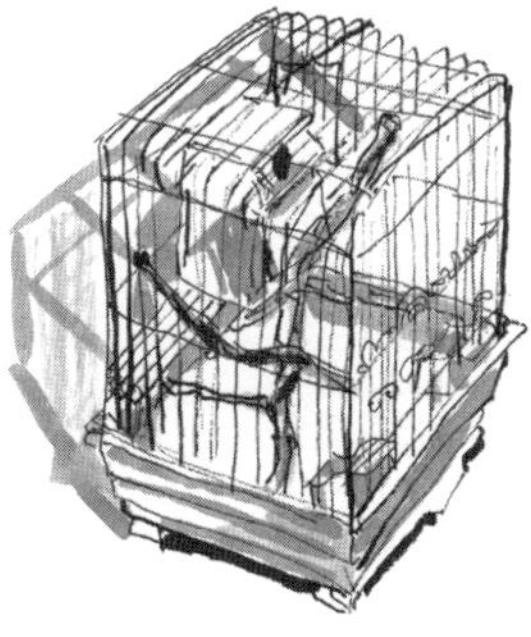

秋来ぬと

例年のとおりお盆に孫たちがやってきた。ただ可愛いという時代は過ぎて七つと五つのわんぱく坊主に成長している。娘夫婦は神棚も仏壇もない新所帯であるから、私は孫たちに思い出に残る盆飾りを見せてあげようと思い、床の間に霊棚を作り仏壇から位牌をひとつひとつ移し、古びた提灯もあるだけ出して飾った。草市で買ってきた盆花も大きな瓶に入れ、茄子と瓜の馬は孫たちが大喜びで作ってくれた。こんな手間のかかる盆飾りは私が居なくなればもう出来なくなるだろうな、と思いながら私には今年一つの楽しみがあった。それは迎え盆の日、鬼灯提灯を子供たちに持たせてお墓に行くことであった。竹の細い取手のついている赤い小さな提灯を用意して置いた。

八月十三日の夕方、午前中から降っていた雨がちょうど晴れてきて、子供たちに鬼灯提灯を持たせてお墓にお盆さんを迎えにでかけた。まだ外が明るかったので提灯のローソクに火をつけることは出来なかったが、子供たちがめずらしそうに赤い提灯を掲げるさまはなかなかの風情であった。墓は山の際にあるので少し歩くと子供たちはもう提灯を畳んだり、のばしたりして遊んでいる。そして下の子は「おばあちゃん、棒が取れちゃったよ」なんて言ってあとは私が持つことになってしまった。おばあちゃんの郷愁に孫たちは反応してくれなかったようだ。これも時代かと思いなおした。

お墓の前で迎火を焚いて「盆さん盆さん、この明りでいらっしゃい」と大きな声で何度も唱えていると上の子が「お盆さんて、ゆうれいでしょう?」と言う。

「そうかも知れないね、でもこの明りできっと後から付いてくるんだよ」と言ってやると、立ちのぼる迎火のうす青い煙の色を見て「ゆうれいの色でしょう」なんてはっとするようなことを言っている。

〈風が吹く仏来給ふけはひあり〉虚子にこんな句があったなあ、と心の中で思いながら穂が出始めた青田の中の盆道を帰ってきた。

お盆さんはかくして、てんぷらや果物の供物の並んだわが家の霊棚におさまり、「お盆さんはね、てんぷらが大好きなんだよ」なんて無責任なことを言ってしまった。孫たちはそれを信じたかどうかわからなかったが、その夜のこと、食事が済んだあとだった。

「お盆さんも食べたか見てくるね」と孫が霊棚を見にいった。「おばあちゃん、御飯が少なくなっているよ」「食べたかも知れないね」。五才の孫はサンタクロースと同じようにお盆さんを少し信じているらしい。炊きたての御飯は湯気が出て冷めると嵩がへることをまだ知らないのだ。

ローソクから線香に火をつけることと鉦を叩いて音を出すことが面白くて、霊棚の前はことのほかにぎやかであった。安らぎとは、こんなたわいのないことの中にあるのかも知れない。孫たちが成人して、母の故郷をおとずれた時故郷はどうなっているであろうか。盆様を送って孫たちが帰った茶の間に今夜はちょっと涼しい風が吹いている。目にはさやかに見えねども、秋なのである。

かなかなの持てきし夜を大切に　　昭子
新涼や棚田をつなぐ石の橋
この本の終りおそろし栗を噛む

東京の雨

松濤美術館の企画展が九月末で終るという。ぜひ見て置きたいと思い久しぶりに上京した。最寄りの駅に下りたとき外はじぶりの雨になっていた。朝家を出る時は晴れていたので、東京は降るかも知れないと思いながら傘を持たずに出かけてしまったのがいけなかった。美術館までは歩けばかなりの道程である。どうしたものかと駅の前をうろうろしていた。渋谷のこのあたりは住宅街でちょっとした店も見つからない。ちょうどその時、私より少し年配の女の方が傘をさして通りかかった。

「すみません、この近くに傘を売っているような店ありませんか」

「そうね」とちょっと考え込んでいたが、「表通りに行けばいくらでもあるけどね、とっさに言われるとわからないなあ」と言う。

「そこの坂を五十メートルも歩けば私の家だから一緒にこの傘に入って行きなさいよ、そしたらこれあげるから」と言ってくれた。私はお言葉に甘えてその方の傘に入れてもらうことにした。知らないもの同士が一つの傘に並んで坂道を歩き出したのである。その人は田舎のおばさん風の黒いズボンを履いた地味な格好の人であったが、この夏の疲れが出たのか体調をくずして、今お医者さんへ行ってきた帰りだという。「元気なときなら私が家まで濡れて飛んで行ったってすぐなのに」と言いながら電柱のところまでくると、「そこを曲がるとすぐ家だからね」と傘を私に押しつけて、自分はハンカチを頭にあてて走りだしてしまった。白いビニールの雨傘が私の手に残っていた。

「今朝、長野から来たんです。助かりました。ありがとうございました」。私はその人の後姿に叫んでいた。そして行ってしまった誰もいない道に深く頭をさげていた。白い雨傘の柄をしっかりと握りしめて私は美術館の方角へ歩き出した。歩きながらお名前を聞いて置かなかったことに気がついたがもう遅かった。

田舎暮しの私は東京の人はなぜかよそよそしく他人のことなど知らん顔、という先入観があった。でもそれは違っていた。どこに住んでいても優しくなれる人はいるのだ、と気がついた。感激屋の私はその日一日何だかとてもあたたかな気持であった。

夕方帰りの長野新幹線の中で読んだ雑誌に日本画家の小倉遊亀さんの「百三歳の介護日誌」というお孫さんの小倉寛子さんの記事が載っていて心に残った。毎日の食事のこと、排泄のこと、身の回りいっさいの世話をしている家族のかたのなみなみならぬ苦労と努力は大変なことと思うが、その中で私がいちばん興味深かったのは、おしゃれをする潤いを忘れないということだった。介護の場では効率と実用が優先してしまうが、祖母は長い髪を三つ編みに編んで小さな髷に結い、お気に入りのかんざしを挿す。小倉遊亀のトレードマークだとある。肌襦袢にもアイロンを当て季節に応じた着物を選び美しく装うことを大切にしているとのこと。どう見られるかを心のどこかで意識することが、品位ある身のこなしを生みだす、と書かれている。

トンネルの中に入った新幹線の窓に疲れた私の顔が大きく写っていた。ほつれた髪をなぜあげながら老いてもなお身だしなみに気を配っている老画家のいることを思った。

夜七時、上田駅に下りた時、はっと気が付いた。私の手にあの白い雨傘は無かったのである。たしか、上野駅でコーヒーを飲んだ時は持っていたと思うのだけれど。

雨はやんでいた。

恵みの秋

信州の山里を美しくいろどっていた黄金色の稲田がすっかり刈られ、刈田にいく筋もの稲架が並んでいる。山裾の蕎麦畑に蕎麦の茎が赤さを増してきた。毎日通る道からの眺めなのに日々季節のうつろいは眼に見えて新しい。

昨日は、スーパーに地蜂の子が巣に入ったままの状態で売られていた。毎年秋になると一回は出るのだけれど、やっぱり本物を見るとぞくっとしてくる。今年のものは巣の直径が二十センチほどもある立派なものだ。同じ穴から採れたらしいものが五つ無造作に台の上に置かれている。手にとって見るとずっしり重く、六角形の小さな巣の一つ一つにびっしりと幼虫が詰まっている。これた所もなく壮観である。二千五百円の札がついていた。ちょっと思案したが買ってしまった。生の蜂の子をフライパンで炒めてお醬油をたらした味のおいしさは、食べた人でなければわからない味なのである。蜂の子を食べたことは、しばらく友達のAさんにも内緒にして置こう。Aさんは山好きで茸採りの名人であるが、私がたのんでも一緒に山へ連れて行ってはくれない。採れたときはお裾分けしてくれるのだが、ひとりで自由に山をかけめぐりたいという。きっと夢中になってしまうのだろう。その気持もわかるのだけれど……。

彼女の教えてくれた美味しいラーメン屋にこのごろ時々行っている。隣り町の山裾の集落の中の何のへんてつもない住宅のような店なのだが、一歩店のなかに入ると雰囲気がちょっと違っている。静かにクラシックの音楽が流れていて、満席なのに人の話し声がしない。さほど広くない店内には質の良い音響装置が配置され、壁は主人の趣味で写しているらしい風景写真がみごとな額に入れて飾られている。「営業時間、午前十一時三十分より午後三時まで、水曜日、木曜日休日、品切れの際は時間前に終ることがあります」「小学校前の子供おことわり」とも書いてある。店に入ってから二十分ぐらいは待たされる。けれど客は備え付けの雑誌を見ながら静かに待っている。出来るのはラーメンとチャーシューだけだが、いわゆる手打ちのあっさりとしたなかにも濃くのあるおいしいラーメンである。厨房はいっさい見えない。奥さんらしき女の人が一人でラーメンを運んだりレジをやったりしているだけ、作っている主人はどんな人だろうかと想像がひろがる。クラシックの音楽と写真が趣味で、ラーメン屋も一週間に五日だけ昼の十一時半から三時まで、自分の納得のゆく仕事をする。それでも店は客があふれている。腕に自信があるのだろう。なんだかとても理想的な生き方のような気がしてくる。一度その風貌にお目にかかりたいと思いながらいまだ果たせない。

あつあつのラーメンも好きだけれど、私はこの季節、採れたての雑茸を入れた味噌味の煮込みうどんが恋しい。山の恵み、地の恵み、水の恵みを思う。なぜか五木の子守唄を思い出した。

花はなんの花つんつんつばき
　水は天からもらい水

「水は天からもらい水」なのである。人間は自然に対してもっと謙虚に生きなければと、しみじみ思う。秋の山はそんなこんなを大きく包みこんで美しい紅葉の季節を迎えている。

秋冷やほつほつ刻む草大根
高熱の紅葉微熱の銀杏かな
雨樋に毬とまりゐる秋の暮

昭子

牡丹散って

庭の牡丹が散ってしまった。濃い牡丹色とうす桃色の濃淡のものと二種類あり、もう古い株である。縁側に腰掛けて眺めていると、大ぶりの牡丹の華やかさは花弁が消えてしまっても、まだそこにあるような静かな残像を残してくれる。牡丹と言えばすぐ蕪村の〈牡丹散てうちかさなりぬ二三片〉の句がよく知られている。私は日本画の奥村土牛の牡丹の絵を思いだして部屋から一冊の本を取出してきた。

去年の秋、土牛氏が戦争中この地に疎開していた縁で出来たという、八ケ岳の麓の南佐久郡八千穂村にある奥村土牛記念館に立寄ったことがあった。受付けの前に絵葉書などといっしょに並べられていたこの本を、ぱらぱらとめくってみると俳句が載っていたので、思わず買ってしまったのだった。孫の奥村明美さんの書いた『絵皿の響き 奥村土牛・素描と俳句』と題が付いた随筆集である。句集のように句が並べられている中に絵がはさまれていたり、直筆の短冊がちりばめられていたり、豪華な作りの本である。

やわらかな白牡丹の絵には、〈夕暮の牡丹の白や風さわぐ〉の一句が添えられている。

土牛氏は「待宵ぐさ」という小さな俳句同人誌に昭和二十五年から三十八年にかけてときおり俳句を載せていたという。

風しきり描く手をとめて切る牡丹　　土牛
さそひ声に耳をうごかす春の猫
古都に来て古都を想ひて山桜
十六夜の水にそなへし燈籠かな

紅葉見る山に登れば村のあり
時雨るるやたちまち暗く絵筆おく
寒入の粉雪にきたり西の京
寒村の客によばれて雑子雑煮

など素直な句で、いずれも画家の眼で作った句である。六十代から九十代にかけてが体もよく利いた全盛期であったという。随筆は孫の眼からみた晩年の土牛氏が百一歳で亡くなるまでのことを書いたもので、あたたかく心を打つ。

「祖父は綿のようなやわらかな手をしていた。祖父の手をさわる人々が口をそろえて言っていくのだったが、そのつどきっと答える祖母の言葉がよかった。『筆しか持たなかったからね』」。画業に集中させることでその高い芸術に惜しみなく協力していた家族の気持が痛いほどに伝わってくる。百歳の時、富士山が描きたいという病身の土牛氏を車に載せて富士の見える旅館まで連れて行ったという話も、いつかテレビで見たことがある。

「祖父が昔、文士にあこがれていたという事実も知った。私もいつか文を書く人間になりたいのだ、と打ちあけると、『文章はね、自然がいい。飾ると嫌みがでる。自然を極めれば、その人一人だけの味も生まれる』と言った」とも書いている。

牡丹の散った庭はあふれるような新緑につつまれて、梅雨のまえのさわやかなひとときを与えてくれる。そろそろ衣替えの季節だ。昨日、主人の藍染めの木綿の作務衣を箪笥から出してみた。この藍染めはもう十年も前になるだろうか、阿波の徳島へ主人が一人旅をしたとき、本場のものだからと買ってきたものである。そのとき私への土産はなく、自分のだけ高そうな藍染めの上下を買ってきて文句を言ったことを覚えている。藍は洗えば洗うほど肌になじみ味が出てくると主人は気に入っているようだ。紺碧の海を思わせる藍の色はまたはつ夏の心の高揚をさそう風情である。

コーヒー店にて

久しぶりに長野市へ出掛けた。用事が済んでの帰り、せっかく出て来たのだから夕飯を食べて帰ろうと思ったが、まだちょっと時間が早い。少し疲れているしコーヒーでも飲んで時間をつぶそうと思い、駅の近くの小路をうろうろしていると、洒落たレトロな文字で書かれた「こうひい店」の看板が眼に入った。舗道からいきなり人一人がやっと通れるくらいの細い階段がついている。店は二階にあるらしい。駅に近い場所であるし口も乾いていたので、まよわずにその階段を上って行った。店には客はいなかった。

なかなか重厚な木製のカウンターが囲む部屋のしつらえ、ヨーロッパ風な壁の装飾、窓からは通りの人の動きも見下ろせて、寛げる空間が広がっている。

六十を過ぎたと思われる品のよい老マスターが一人、笑顔で迎えてくれた。ちょっといい雰囲気である。メニューには聞いたこともない名前が並んでいる。

「何にしますか」

「普通のでいいんですが」と主人。私は暑かったので「冷たいのがいいです」といった。この店のお客様が選んだ「ベスト・テン」というのが後ろの壁に掛けてあるという。木製の大きなメニューの看板を見ても知らない名前ばかりで何がいいのか分からない。

「それではその一番人気のものをお願いします」と言った。

冷たいものは三番目のしか出来ないという。一番人気は「モレリア」とあり、それはスペインの貴族のものであると、また冷たいコーヒーは「シャングリラ」と言ってフランスのものだと、マスターの説明があった。私はコーヒーといえばモカとかキリマンジャロといったたぐいのものしか知らなかった。

「モカとかキリマンジャロとか普通のは無いのですか」

「あれは商品名でコーヒーではありません」

マスターは笑顔で答えられた。どうやらこのマスター只物ではないらしい。「外国から飲みにいらっしゃる方もおります」と言って訪れた方の書残されたノートや、新聞に載った切抜帳を何冊か見せてくれた。フランス留学中にミスター某氏との出会いがあってこの道に入られたらしい。「私の書いた本です」とその著書もカウンターに並べて置いてあった。ちょっと読んでみたい気がして本を手に取って見たら、定価が一万二千円と書いてあるではないか。これはとても手が出ない。やはりコーヒーのことでは世界的に名のある人なのかも知れない。著者名、渡辺五郎とあった。注文のコーヒーが出てきた。夫のは温かいモレリア、私は冷たいシャングリラ、一口飲んだとき、ちょっと甘い感じがした。「お砂糖始めから入れてあるんですか」「いいえ、お砂糖は入っていません、コーヒーの味です」。何だかよくわからない。今まで飲んでいたアメリカンのものとはまったく違うものであるようだ。その時、私はカウンターの奥に表示されている値段表を見てはっとした。モレリア・シャングリラ両方とも二千五百円と書いてあるではないか。夫は気がついていないらしい。楽しそうにおしゃべりしている。私も、もう飲んでしまったのだから仕方がない。お金持ちのような顔をして一杯二千五百円のコーヒーをゆっくり飲み干した。地方都市の長野にこんなコーヒー店があるなんて知らなかった。ここに店を出して三十年だという。店が存続しているということは、客があるということだ。どんな客がくるのだろう。一杯のコーヒーを飲むために新幹線に乗り、また飛行機で来るという人種に私は会ってみたいと思う。コーヒー二杯で五千円と消費税を払い店を出た。街は夕飯によい時間になっていたけれど、もう帰るよりほかなかった。

海豚

今年の紅葉はことのほか美しかった。それだけに落葉したあとは、親しい友を失ったような淋しい気がする。真っ赤に色付いた林檎の収穫も終わった。山国の暮しはこれから菜、大根の取り入れにはじまる長い冬の生活に備えなければならない。

山の子ら海豚《いるか》の芸を見て山へ　　渚男

この句は渚男の句集『梟』に載っているが、山国の小さな学校の生徒達が、修学旅行で立寄った海辺の水族館でイルカの芸を楽しみ、山の学校へ帰って行ったというものだが、山国に住む者は皆海の見える場所が好きだ。漠然といつも海が見たいと思っているのだ。

〈海豚の芸を見て山へ〉というフレーズが楽しみの中に一抹の淋しさが感じられて好きな句である。イルカは冬の季語となっているが、なぜ冬なのかよく分からない。冷たい冬の海が好きなのだろうか、鮫、鯨、鮪、鰤なども冬の季語となっている。

秋から冬へ移り変わってゆく季節感がイルカのぬらっとした肌に感じられるような気もする。先日、ひょんなことから、能登半島の水族館でイルカのショーを見る機会があった。

イルカ三頭、ゴンドウ鯨一頭のジャンプやお辞儀、手を振るしぐさなどを見せる芸だ。三頭揃っての大ジャンプや、胸鰭を手のように使って〈さようなら〉をする芸は特に印象深かった。ショーも終りに近くなったとき、トレーナーのお姉さんが「会場の皆さんの中でイルカと握手したい方は手を上げて下さい」とアナウンスした。私は思わず隣に座っていた夫の手を上げていた。案の定夫ともう一人の方が指名され、イルカたちの前へ出て行った。イルカに触るチャンスなんてめったにないと思ったから……。トレーナーのお姉さんから説明を受けているようだ。イルカがジャンプして胸鰭の手を出したとき、主人がすばやくその鰭に触れたのだった。何か硬いゴム毬のような弾力感であったという。その時、夫は鰭ばかりでなく胴体の腹の方まで撫でてしまったと、あとで言うのである。イルカもびっくりしたことであろう。腹の方まで触ってしまった人なんて、今まで居なかったのではないか。めずらしいもの好きと言うか、好奇心の固りのような人だから、まあ許すとするか。大きな水槽のまわりを手を振るように鰭を振りながら〈さようなら〉をしているゴンドウ鯨に手を振って別れた。そして私も「山の子」のようにイルカの芸を見て山国へ帰って行くのだった。旅にはいつも〈さようなら〉と終りがあるが、短日のさようならは心に残る淋しさである。

名前

わが家に赤ん坊がやって来た。末の子の長男で私どもには五人目の孫の誕生である。間近にいて陣痛の苦しみが我がことのようであった。産む本人はもちろんのことだが、どうもしてやれないもどかしさ、待つ時間の苦しみというものも大変なものだと思う。二晩苦しんだ後の産声を分娩室の廊下で聞いた時のうれしさは忘れることが出来ない。嬉し涙もたくさん流し、父となった息子と握手したのだった。「元気な男の子ですよ」と、助産婦さんがタオルに包まれた赤ん坊を抱いてきてくれた。昔は皺くちゃの猿のような赤い顔が赤ちゃんの顔であった。しかし今は少し違っている。あまり赤くない人肌のつるつる顔で、なんと右の目を開けているではないか。皆の顔に囲まれてすこし安心したのかやがて眠ってしまった。若い母親も元気な様子で一安心。出産に立ち会ってくれた誰かれに心からお礼を言いたい気持だ。赤ん坊、新しい命の誕生である。子育てに辛いことがあってもこの赤ん坊からきっと元気を貰えることだろう。漲るものを感じて産院を後にした。

出産のあとは、子供の名前がまた大変なのである。今はどこの家でも、おじいさん、おばあさんに相談はないという。「名付け辞典」などという分厚い本も買ってきたようだ。若夫婦は今風の名前より、昔っぽい名前に凝っているようだ。インターネットで字画の善し悪しまで調べられるという。考えに考えた名前が「聡介」だ。始めて聞いたとき、とても古臭い感じがした。「そうちゃん」って呼ぶと可愛いでしょう、と言われてみるとそんな気もする。「そうちゃん」、と何度もつぶやいてみる。だんだん身に付いてくるようだ。何と言っても〈聡明の聡〉だからね、と、ひとりごとを言って笑った。

昔、夏目漱石の小説で読んだことがあるような気がして調べたら、『門』の主人公が宗助であった。字は違っているが、いかにも漱石ごのみの名前であるような気がした。

わが聡介君には、堂々と大きな門を通り抜けて行って貰いたいものと、心から思ったことである。退院の日は松茸の御飯と大きな秋刀魚のお頭つきで家族だけで祝った。

夫がめずらしく即興でこんな句を作った。

赤ん坊今日は秋刀魚の乳うまき　渚男

母親の食べたさんまがきっとお乳に出ていておいしいだろうというのだ。満ち足りた赤ん坊の寝顔と母親を囲む家族の安心した顔、顔が浮かんでくる秋の夜。産後の静養に母親の実家へ帰っている赤ん坊、一ケ月後にはどんな顔を見せてくれるであろうか。楽しみである。体育の日を挟んだ連休、産後の疲れもあり、どこへもでかけずに家の近くを散歩した。道祖神を囲む草むらの中に、巾一センチぐらいの小さな赤い花の群生を見付けた。朝顔のような形の小花に蔓が伸びている。枯れかかった草の中の純な朱色が綺麗だった。名前は縷紅草《るこう》という。縷はやっと見えるほどの細い糸の意、縷紅草というやさしい名前は誰が付けたのだろう。小さな赤い花と赤ん坊の可愛さと、山の紅葉と至福の秋だ。

ストーヴ

十二月八日は冬の満月であった。雲一つなく煌々と冴え渡っている月光を眺めながら、ああ、今日は太平洋戦争開戦日であったなあと身にしみて思うのであった。

昭和十六年十二月八日私はまだ六歳であったが、その日は終日ラジオから軍艦マーチが流れていて、大本営発表が繰り返されていたことをはっきりと覚えている。真珠湾攻撃に始まるあの無残な結末の戦争が始まった日、十二月八日も遠い記憶の中に埋もれてしまっている。もう六十年の歳月が流れているのだから仕方がないが、十二月のカレンダーの八日のところにも、針供養、こと納め、納めの薬師などが載っているだけで、開戦日の記載は無い。若い人の中にはもう敗戦日の八月十五日さえ知らなくなっているという。折りしも自衛隊のイラク派遣が閣議決定され問題になっている今、遠い記憶を呼び戻し、戦争につながる行動はもっと慎重にやる勇気も大切ではないかと思うのである。

冬の満月は言葉にはならない美しさであるが、じっと眺めていると射すくめられるような厳しさも持っている。アメリカもイラクも、砂漠も大海原も世界中に惜しみなくふりそそぐ月の光の下に、皆が平和に暮せる日はこないのか。つたない思いの中にも、祈らずにはいられないこの頃である。

戦争中の冬を思い出せば、数々の暖房器具に恵まれた今の暮しがどんなに快適なものかがよくわかる。掘炬燵一つの暖房、ストーヴなんて田舎ではどこの家にもなかった。電気ではない炭火の炬燵に家族の足がそろったのだ。足袋は母が夜なべに縫ってくれたものだった。学校のストーヴは薪と石炭を燃す煙突の付いたもので、先生の教壇の左側がストーヴの置かれている場所だった。教室の南側の席は日当たりが良く暖かで、北の廊下側の席は寒かった。せめてストーヴのそばがいいなと思ったが、私は北側の後ろの席が多かったような気がする。サッシの窓なんかではない、木の校舎の戸口や窓はいつもがたぴしいっていた。風邪を引いて体育の時間を休むと、いつもストーヴの番をしていなさいと言われた。

あまりよく燃えない薪と石炭のストーヴ、動かさない方が良く燃えるのに、新しい薪をくべたり火箸で掻き混ぜたりすると、火はだんだん小さくなってしまう。火が消えそうになり泣き出してしまったこともあった。でも学校のストーヴには楽しい思い出もある。今のように給食の無かった時代だ。皆アルミの弁当を学校へ持って行った。ストーヴの回りには弁当を暖める木の枠があり、その枠の釘に、それぞれ布袋に入れた弁当を吊して暖めたのである。お昼には食べ頃に暖まって、沢庵の匂いなんかが授業中に匂ってくることもあった。母の手作りの弁当は暖かい湯気を立て、少ないお菜でもおいしかったのである。

お正月のこと

黒豆は時間をかけて土鍋でふっくらと煮上がった。栗きんとんは市販のものに、さつまいもの潰したものを混ぜて味を直したら結構食べられるようになった。昆布巻き、数の子は頂き物で間に合ったし、上等のロースハムもカマボコも揃った。鮭のひずなますもある。近海蛸と酢蛸を切る。野菜の煮物をすこし丁寧にしてお重に盛る。あとは鰤に塩をして茹でるだけだ。わが家では何はなくとも、年越しの魚は鰤だ。塩茹でしたその汁に酒粕を入れ、どろどろに煮たものを魚に掛けて食べるのが習慣である。鰤のうまみと酒粕のこくとが相俟って、年取り魚にふさわしい味となるのである。これはきっとこの地方だけの風習かもしれない。

デパートの何万円のお節も買ってみたい気もするが、やっぱり、いつも通りの家で作る料理が一番と思うのである。体力が続くかぎりは心を込めて家族のためにやろうと思う。蓮根を煮るのを忘れていたので、うすく切って人参と合わせ、きんぴら風に歯ごたえを残しゴマ油で炒め、醤油で味付けしただけだったが、これがおいしいという。時間を掛けたからいいというものではない。材料のうまみを引き出すことが、美味しくたべる秘訣なのだと思ったことだ。

お正月は来客もあるので、時間があるようなないような落ち着かない日が続いた。それでもじっくりとテレビでも見たいと思い、二日の夜の九時から始まるドラマを見た。

「向田邦子の恋文」というドラマ。毎年、正月三ケ日にきまって放映されていた向田邦子原作のドラマを楽しみにしていた。戦前の東京の一家族の正月を迎えるまでの、きちんとした生活や習慣がこまやかに描かれていて家族というもののありようを教えてくれるドラマであった。今年は向田邦子自身の私生活のドラマで、彼女の妻子ある恋人に健気に尽す女ごころ、そして男の病気、その男の母親の心情がせつなく流れている話で、生きることの重み、残酷さ、かなしみが強く影を落としていてやりきれなく心に残った。全編の芯になっている歌一首が切ない。

おいとまをいただきますと戸をしめて出てゆくやうにゆかぬなり生は

この歌は斎藤史の歌集『ひたくれなゐ』におさめられている一首、邦子の恋人は結局自殺してしまうのだった。男の母親と邦子は男の居なくなった部屋で泣きながらこの歌を繰り返す場面は人間というものの悲しみをえぐり取って見せた。「おいとまを頂きますと戸をしめて……」と自然にあの世とやらに行かれたら、人生はどんなに楽だろう。人の終焉が安らかであることを願わずにはいられない。樹木希林と山口智子の女優たちの演技も淡々としていて良かった。

梅雨の夜に

梅雨の走りらしい五月の雨の夜
とある小料理屋の小さな坪庭を眺めていた
山つつじのやわらかなオレンジ色や白
ライトアップされたえごの木の葉裏に垂れて
一列の小さな白い花がもう咲いている
近づけばその香りに包まれそうな夜のしじま
見えない風が吹いているように
新緑から若葉へ見えない力がふつふつと伸びている
運ばれて来た料理のお造りの海胆のこの甘さは何としよう

瑞々しく盛り上がりホロリと舌に溶ける
ああ
料理屋で食べた事なんて無かった明治生れの母さんに
一口食べさせてあげたかった

雨の夜の坪庭のやさしさと、あまりに美味しい海胆の甘さに心押さえがたく、何もしてやれなかった父母のことなどがせつなく思い出される夜であった。

私の好きな詩人、津村信夫の母堂は神戸の実家から上京の折りはいつも一等寝台車であったという。一等寝台車ってどんなものであったのだろうか、私は知らない。昔の汽車は三等しか乗ったことがない。三等に対して一等というあこがれのような甘い響きが耳の底に残っている。今のグリーン車よりもっと高級な感じがあった。真っ白いシートの掛かった座席に深々と掛け、メロンを食べている人、そんなイメージを持っていた。
昔、色のぬけるように白い上品な老夫人が、一等寝台車からゆっくりと東京駅に降り立つシーンがまぼろしのように浮かんでくるのだった。一等寝台で上京して来る母が居る幸せを津村信夫は持っていたのだ。彼の詩にはそんな上質でどこかはかなげな悲しみが漂っているように思えるのだ。アデスン氏病という死病を得て三十六歳の短い生涯を終えた。

父が生徒を連れて修学旅行に行った奈良、京都から母に送った絵葉書が残っている。父と母が二人きりで旅したことは無かったような気がする。父には父の母には母のどんな楽しみがあったのだろうか。東京まで一時間半で行けるようになった長野新幹線に乗ることもなく父母は逝ってしまって久しい。

それぞれの夏

春のカタクリの花に始まり、桜、牡丹、カキツバタと続く、津金寺という花の寺が車で二十分ばかりの所にある。八月のこの季節、大賀蓮の花が見事だと聞いて行ってみた。田んぼ一枚ぐらいの広さのこぢんまりとした池であるが、赤い蓮の花が咲いていた。赤といっても真紅、赤、ピンクと赤の色が微妙に違う。蕾から開きはじめ、大きく開いたもの、とさまざまな大きさに咲いている。ほんとうに美しい。大きな池の中の蓮の花は岸から眺めたことがあるが、こんなに近寄って見たことはなかった。両手を併せて造るボールほどの大きさの丸い蕾にちょっと触ってみた。香りは無かった。

蓮華浄土という言葉が浮かんだ。花を切り取れば気球のようにふわっと空へ舞い上ってゆくような錯覚を覚えた。両側の土手いっぱいに枝垂れ萩が咲き乱れ、鬼やんまがすぃーと眼前をかすめてゆく。雑念を忘れただ自然の美しさを堪能したひとときであった。

思えば今年の夏は長かった。何か異常でただただ暑く、ものを考えるという余裕が無かった。自分の体調があまり良くなかったせいもあるが、友人に聞いても同じような言葉がかえってきた。それでも、お盆には子供たちが皆集まってくれてしばしの団欒があった。お墓へ盆さまを迎えに行くとき、主人が小川で沢蟹を見つけた。乳母車の孫に見せたところ、何でも口に持ってゆく時期である十一ヶ月の孫が、生きている蟹を口の中へ入れてしまったのだった。慌てて取り出したけれどびっくりしてしまった。

お盆にお墓に行く時は、「聡ちゃんは生きた蟹を口に入れたんだよ」と、これから言われ続けるのだろう。親から子へ子から孫へ、いろんな思い出が語り継がれてゆくのだ。

穂孕んだ青田の中の盆道は、過去へつながっている道だと思う。東京や愛知県へ出て生活している子供たちは、父や母がなくなったらもうお墓に来ることもないかも知れない。それもよいだろう。それでも、心の中になつかしい盆道がいつまでもあって欲しいと思うのだ。

今年の夏、うれしかったことが二つあった。次男夫婦が草ぼうぼうになっていた墓掃除をしてくれたこと。もう一つは、愛知県で中学一年になっている将棋好きの孫が将棋の初段を貰ったこと。お盆の四日間、「ながの東急将棋祭」という大会があり、一人で長野まで通い、一般応募者の中で優勝して初段を取ることが出来たのだった。

森内名人、中原永世十段、谷川王位、羽生王座、など一流の棋士たちが日替わりで長野に来られ、その名人たちに会えたのもうれしかったらしい。立派なトロフィーと賞状を持って、家族より二日遅れて一人で中央線を乗り継いで愛知県へ帰っていった。子供たちの成長は早い。暑かった夏の日もやがて終る。

めぐる季節の中で、自分は自分らしく生きてゆかなければと思う。ゆうべは虫の声を聴いた。蜻蛉も飛んでいる。爽やかな秋が来る。

やはらかに撫で白菜の泥おとす
萩の絵の屛風に灯す初しぐれ
返り花秘密を分かつ人のやうに

昭子

秋冷

紫陽花に秋冷いたる信濃かな　久女

庭の紫陽花は秋が深まってもなお咲き残っている。あの雨の日々の鮮やかな水色は失せているが、やや赤茶けてうなだれている花は、またそれなりの哀れさを誘い、この句は作者杉田久女の気性の激しさをも思わせ信濃の秋冷の凛とした空気を身に感じさせてくれるのである。秋は人の心に深い襞を幾重にも刻んで行くようである。

秋の七草の名前を覚えるのに便利な言葉があるという。「おすきなふくは」お好きな服は、というのである。おは女郎花《おみなえし》、すは芒、きは桔梗、なは撫子、ふは藤袴、くは葛、はは萩である。秋の七草の地味ではあるが気品のある色の服を選んでみたいものである。

昔の女性は長く伸ばした髪を洗うことはなかなか困難なことであったと思う。その体臭を消すのに、匂い袋というものを使ったと読んだことがある。秋の七草の藤袴は大変よい匂いの花で、この花を粉にしたものが匂い袋の始めであったと聞いている。今でこそブレンドされた高級な香水がどこでも売られているが、野の花の香りは優しく、飽きの来ない香りだったことだろう。優しく接していれば、自然は美しく人の心を癒してくれるものだと思うのである。

先日、今年は皆が古希になることを記念して一泊旅行をしようと、中学校の同級会のお誘いがあった。中学三年生の修学旅行の東京、鎌倉の旅を再現してみようとの企画であった。二歳になる孫のことが心配であったが、家のものがぜひ行って来いと言ってくれるので、久しぶりに参加した。総勢二十二名のバス旅行、しらが頭、禿上った人、それぞれの重い年月を重ねた同級生たちだ。でも、一目会えばたちまち昔のけんちゃん、しんちゃんである。現役時代の役職は知らない、何も聞かない。がそこには現役をリタイヤした人たちの安らかな笑顔があった。古希という年齢は本当に節目の年である。

中学生の時の東京見物は、国会議事堂、宮城の二重橋、浅草などであったと覚えているが、宿の階段が狭かったなどと、変なことを覚えている人もいて、そんな話が楽しかった。今の中学生の東京見物は、国会、東京タワー、両国の国技館での相撲観戦、ディズニーランドなどだそうだ。時代も変わったものである。われわれの泊りはそれでも東京湾アクアラインで館山へ。鎌倉はたぶん昔のままのたたずまいの所が多かったに違いないが、もう忘れてしまっていた。昔、露座の大仏の前に並んで撮った写真を持って来ていた人がいて、その同じ場所で記念撮影をした。白いセーラー服とおかっぱの髪が可愛かったあの時の姿とが重なって来るのだった。

東京駅で手を振って別れた時、同級生っていいもんだなあと心の底から込上げてくるものがあった。慌ただしい旅の中で孫にお土産を買う暇がなかった。

子にみやげなき秋の夜の肩車　　登四郎

帰りのバスの中でこの句が浮かんできて頭の中を駆け巡っていた。

山枯れて

漬け上ったばかりの野沢菜漬が美味しい。まだ漬り込んでいない青い葉のシャキシャキとした歯ざわりが好きだ。毎朝、八時頃まで寝ている孫のオムツ替え、着替え、朝御飯を食べさせ、九時までに保育園に送って行くのだ。寒いからと寝ているわけにはいかない。朝の慌ただしさ、保育園に送ったあと洗濯物を干し、家の中をざっと掃除しているともう十時だ。主人が二階から降りてきて、「お茶飲もうか」という。お茶うけは例のお葉漬けと、知人が送ってくれたお多福豆の甘煮、これがまたとても美味しいもので、主人もお葉漬のしょっぱさとこの甘みの取合わせが気に入っているようだ。

若い頃はゆっくりとお茶を飲むなどという事もなかったような気がする。今はお茶も上等のものでないと美味しくないが、そんなに高いお茶は買えない。でも、湯冷しを掛け入れたものはなんだか美味しいような気がする。一日のめりはりを付ける為にも十時と三時のお茶の時間は大切にしようと思っている。

「今日はお天気がいいからちょっと出かけてみるか」と夫が言う。時には息抜きも必要なので、裏山の山頂にある集落まで車を走らせてみる。東に雪を載せた浅間山、雄大な裾を引いた姿がなんど見ても美しい。南に蓼科山、八ケ岳を望むまことにすばらしい眺めの場所である。「丸子八景」なんて標識も立っている。でも、町に遠くお店も無いような所に住んでいる人はたいへんだと思う。それでも百軒位はあるだろうか、廃屋が目立つ。昔は養蚕で栄えた部落だったのだろう。構えの大きな家が並んでいる。

山際の小さなお堂に行ってみた。「町指定、十一面、千手観音立像」と立札が立っている。扉が閉まっているので中は見えない。それでもせっかく来たのだからと思い、木の扉に手を掛けてみると何と開くのであった。その中にガラスのサッシの扉は付いていたが、全身がよく見える。二メートルはあるだろうか、ふくよかな顔だち、十一面の五面は欠けていたが、胸のあたりの金箔はまだ残っていて往時をしのばせる貫禄がある。それにしても、無住寺のあばら堂にこんな美しい観音様が一人淋しく居て下さることが、せつないような気持だった。賽銭箱も鍵も掛かっておらず、好奇心でちょっと覗いてみると、一銭も入っていないではないか。見させて貰ったのだからと思い、小銭を何枚か入れて来た。もと通り扉を閉めてこの古ぼけたお堂を後にした。

何だかとても清々しい気分だ。とてもよい事をした思いだ。信仰とはこういうことかも知れない。何の木だろうか大きな枯木の枝に宿り木の黄色い毬が付いている。花が咲いたように美しい。鳥が飛んで来てこの黄色の実を食べ、どこか知らない所へ運んで行って糞を落す。そしてそれからまた芽が出て……と、自然の営みがえいえいと繰返されるのだ。

たった二時間ばかりの散歩だったけれど、誰にも会わなかった。子供たちの遊んでいるところも見掛けなかった。山畑の鈴生りの柿が採られずに残っている。柿はほんとうはおしゃべりが好きなのに無口になってしまったような気がしてならなかった。

父母がまだ元気だった頃は、この渋柿を夜なべに剝いたのだった。机のまん中に柿の山を置き、家中が集まって一つ一つ包丁で剝いた。干し柿となり白く甘い粉がふいてくる、その甘さは、お菓子など売っていなかったあの頃、それはうれしいおやつになったのだった。

ある蕎麦屋

庭のこぶしの幹に蟬が止って鳴いている。しばらく見ていたが鳴き止んでも動かない。もう動けないのか。盆過ぎの風はどことなく涼しく、ここ信州では朝夕の凜とした空気に秋の気配を感じるこのごろである。

あかあかと日はつれなくも秋の風　　芭蕉

日中の日差しはまだ強くまぶしいけれど吹く風に秋を感じている心情がこの季節にぴったりだと思う。秋の風は炎天に晒された木々への思いやりだろうか、また自分自身の心のありように染み入るものなのだと思う。先日の句会の席題で私はこんな句を作った。「初嵐さびしがり屋の男たち」

定年退職した男たちが女の人以上にさびしがり屋であることが、知人や友人たちの話の中にも感じられ、懸命に働いたあとの拠り所のなさが解るような気がしている。晩夏から新涼へ移りゆくそこはかとない寂寥感は、この季節に人生の節目のような寂しさを感じさせるのかも知れない。

このところ夫も角川賞の選考の仕事などが入りちょっと忙しかった。なにしろ五十句の力作を四十篇読まなければならないから大変だ。仕事に疲れると「お昼食べに行こうか」と言う。小諸市に「菖蒲庵」というちょっと美味しいお蕎麦屋がある。浅間山のよく見える千曲川の崖の上にある店で気に入っていた。先日、久しぶりに行ってみると、店前はいつものようにきれいに掃除されているのに車が止っていない。入口のガラス戸に小さな白い張り紙があった。「店主逝去につきしばらく休ませて頂きます」と。月に一回ぐらいは来ていたのだが、この前来た時は元気で蕎麦を打っていたのに……。お年はまだ六十代前半とお見受けしていたが、蕎麦を作りながら時々お客の顔を覗いて、「味はどうですか」などと聞くこともあった。鴨蕎麦が美味しかった。なんと残念なことだろう。きっと癌か何かを病んでおられたのだろう。人はある日忽然と消える。はかないものである。

帰りに和田峠の方までドライブした。野菜の直売所に寄り、出始めた茗荷やとうもろこしを買った。夫は興味のある黒曜石の並んでいる方で見ている。和田峠一帯は石器時代からの黒曜石の産地で、各地からこの石を求めて多くの人々が集まって来た所。その辺りにはいまも黒曜石が拾える場所があるのだ。長さ十五センチぐらいの原石を主人は千円で買ってニコニコしている。この石には「山口栄子」と拾った人の名前が張付けてあった。これを拾った人はどんな人だろう、お婆さんか若い人か、などと想像していろんな思いが浮かぶのだった。億年の時を経た一つの石、人の一生の短さが菖蒲庵の主人の死と重なってせつなかった。

山一つ食べられさうな若葉かな
白牡丹塔に鍵穴一つきり
たんぽぽやうれしきことは顔に出し
海の日の畳の上に養生す
天道虫こまかに足をつかひをり
若き日のちようちん袖や夏祭

昭子

美術展のこと

美術商が集う東京美術倶楽部の創立百周年を記念した「大いなる遺産　美の伝統展」が開かれているのを見に行って来た。主人は先日東京句会のあった折、見て、とても良いからと勧められてその気になったのだ。東京への一人旅はちょっと冒険だったけれど、「日本近代絵画の巨匠たち　知られざる名作を集めて」の図録の言葉に惹かれてのことだった。

東京美術倶楽部の場所もわからないので、東京駅からタクシーに乗った。どんなに取られるだろうとひやひやしていたら、千三百円だったのでほっとした。新橋の閑静な場所にその建物はあった。会場に入ってすぐの壁面いっぱいに、いきなり小林古径の「山鳥」の絵が掛かっている。雪が舞い散る灰色の空を飛ぶ一羽の山鳥の姿、大きく羽を広げて飛ぶ画面からは力強い生命力のようなものを感じた。ニューヨーク万博に出品されたものだが、日本国内では初の展示だという。次々と大作が並んでいて目が迷う。前田青邨の「洞窟の頼朝」、洞窟の闇の中の七人の群像がそれぞれにクローズアップされて、息を殺し身を寄せ合う顔がまことにリアルに活写されていた。

速水御舟の「美男葛に瑠璃図」、大作の続くなかの優しい植物の写生図だ。ビナンカズラの葉と赤い実の絶妙なバランスの配置、一本の枝の無駄もない凜々しさがあった。

横山操の「清雪富士」もはっとする美しさがあった。画面いっぱいに広がった真っ白な富士と、裾野に広がる裸木や草の繊細な線描の対比がまことに印象的で心に残った。

いわゆる美人画と呼ばれる日本画も有名なものが何点かあったが、鏑木清方の「いでゆの春雨」という作品が小品ながら落着いた影のある美しさが出ていて好きだった。

洋画では、何と言っても岸田劉生の麗子像が有名だが、今回は「二人の麗子図」であった。本物を見たのは始めて。髪を結っている図で着物の色、材質感がすばらしい。綿入れの着物と思わせる厚み、袖口から出ている毛糸の下着の袖の存在感に手で触って見たい感慨にとらわれた。こんな絵を見ているとやっぱり心が揺さぶられる。いつだったかそこで医者をしておられる金子千侍さんに秩父の夜祭りに招かれて行ったことがあるが、その家の娘さんの友達という方が来ておられ一緒に花火を見たのだが、その人が麗子のお子さんにあたる方だと聞きびっくりした。なにしろ顔が麗子像の絵にそっくりだったのだった。

あまりお話をした記憶はないのだが、偉大な父を持った麗子は幸せな一生を送れたのだろうか。一枚の絵にも作者の物語が詰まっているのだろう。

工芸の部では小品ながら高村光太郎の「うそ鳥」に握りしめたいような存在感があり、一つもらうならこれがいいと思ったことだった。山の小鳥の気迫が木彫りの体から伝わってくる。

太田村山口山の山かげに稗を食らひて蟬彫る吾は　光太郎

東北の小さな山小屋で蟬を彫っている光太郎の曲がった背中が見えてくるようだった。会場を出ると早春の雨が街を濡らしていた。

終戦記念日

八月十五日、戦後六十一回目の終戦記念日である。小泉首相の靖国神社参拝のニュースをテレビも新聞も大きく報じていた。私も兄がスマトラ島で戦死しているので、何年か前一度だけ一人で靖国神社に参拝したことがある。靖国神社に祀られようと戦没者追悼式が行われようと、亡くなった肉親はもう帰って来ないのだ。戦争は惨い。首相は心の問題と言っているようであるが、戦争中、中国や韓国また東南アジアなどで日本が行った、数々の残酷な行為による死者もまた、哀悼の意を表されてしかるべきである。それらの国から反論の出ている時にあえて首相が行動すべきではないだろう。

一般の人々に混って小泉純一郎と記帳し、参拝したら何も問題はないはずだが、終戦記念日は、靖国神社に首相が参拝することのみに目を奪われ、その本質を見失っているように思われる。敗戦の日にありかたをもっと真剣に問わなければと思う。

この日、私達は太平洋戦争の遺跡、長野県松代にある大本営地下壕跡を見学した。車で一時間半ほどで行ける場所なのに、今まで一度も行ったことがなかった。

松代象山地下壕は、第二次世界大戦の末期、軍部が本土決戦最後の拠点として、極秘のうちに大本営、政府各省等を松代に移すという計画のもとに着工され、昭和十九年十一月から翌二十年八月十五日の終戦の日まで、約九ケ月の間に、当時の金で約二億円の巨費と延べ三百万人の住民や朝鮮人の人々が動員された突貫工事だったという。

この信州の山奥に、天皇の御在所も置き、大本営の司令部を置き、最後の一兵まで戦うことを決めたのは誰か、ただ命令のために命を捨てた人々のことを思う。地下壕の内部に入って見ると、地面の巾が四メートル高さが約三メートル、二十メートル間隔に横穴が掘削されていた。全山硬い岩盤をなしているので、その掘削された岩の尖った岩面がむきだしのまま奥へ奥へと続いている。朝鮮の多くの若者たちが、この地下壕に連れて来られたという。十二時間労働、藁の布団に寝て、コウリャンに塩を掛けただけの食事であったとのこと。延々と続く地下壕の中を歩いていると、当時の人々のうめき声が聞えて来るようだ。戦時下とはいえ人を人とも思わない戦争というものの恐ろしさを改めて考えてしまった。沖縄戦は松代大本営が出来上がるまでの捨石であったとも聞いた。

岩盤に刻まれていたハングル文字の故郷の名前が鮮やかに残り、切ない。その文字の重みが夏草の茂る山中の洞窟の中からひっそりと時代を凝視しているようであった。

平和の象徴のような夏の甲子園大会は劇的な幕切れで早稲田実業高校が優勝

して終った。日本中を感動させたこの優勝戦の最後まで力を抜かない熱い戦いもすばらしかったが、地方大会のスタンドで手作りの梅のおむすびと、採ってきたばかりの瓜に味噌をつけて食べていた孫息子とおじいちゃんの幸せそうな顔が忘れられない。暑かった夏が終る。

とほい秋の舟漕いで夢沈めけり　　渚男

眼力

朝の仕事が一段落し、ほっと机の前に腰を下ろし庭を眺めていると、彼岸花が三本赤々と咲いている。葡萄を一粒つまみながら夫婦でお茶を一杯飲む。秋だなあと思う。読書の秋、芸術の秋である。朝の新聞を開くと、あの有名な「モナリザ」の名画のモデルが長椅子に脚を伸ばし、くつろいでいる大きな写真が載っている。「翻案の美」、モナリザだって疲れるんです……という。福田美蘭「ポーズの途中に休憩するモデル」、まるで本物のような、その横になっているモナリザの写真にあっと驚いた。デジタル技術によって家庭内でも高品質の複製が簡単に作れるということだ。著作権など難しい問題もあろうが、いろんなものと組合わせて私的に複製出来る技術は面白いことだと思った。

ならばと思い、私は机の上にあったボールペンでモナリザの顔に髭をはやし、眉を濃く塗ってみた。その顔の面白いことと言ったらない。興に乗って広告の女優さんの顔、小泉首相の顔に髭をはやし眼鏡を掛けて見た。面白くて一人で笑いころげてしまった。気分がすぐれないとき、落込んでいる時はこんな馬鹿なことをやるのが、一番の気分転換になるのではないかと一人悦に入ったのである。コピーは所詮コピーでしかない。本物の良さはまた別の所にあり、心の奥深くに忘れ難く残るものなのである。

長野県信濃美術館で「川端康成の眼力」と銘打って文豪が蒐集した名宝展が開かれていた。川端康成氏は、数々の文学作品を世に送り出す一方で、優れた審美眼を持つ美術品のコレクターでもあったという。コレクションの中には、国宝が三点、その他古画、工芸、近代絵画まで多岐にわたるもので、特に画家の東山魁夷氏との深い交流の書簡、東山の絵の数々など……。国宝の絵は、浦上玉堂の「凍雲篩雪図」池大雅の「十便図」与謝蕪村による「十宜図」であった。これらのコレクションは公益財団法人川端康成記念会が保存していて一般公開はなされていないとのこと。今回これを拝見するチャンスに恵まれ、心満たされる思いがした。

本物のノーベル賞というものも飾られていて、二度と見る機会もないので興味があった。賞状は右面に本文、左面には赤地に白で千羽鶴が描かれていた。金色のメダルは案外チャチな感じがした。賞状を入れる赤色の箱も置いてあり、それなりのものではあった。

ノーベル賞を受賞したその夜、川端康成は一句をしたためたという。

秋乃野に鈴鳴らし行く人見えず　康成

「巡礼の鈴の音が秋の野に聞える、けれどもその巡礼の姿は見えない。木の間にかくれてか、すすきの群れにさへぎられてか。（中略）あやふやな句解きは恥よ。『野に鈴』の『野』と『鈴〈ベル〉』とで『ノオベル』になる。言葉遊びに過ぎないのだ……。ノーベル文学賞が発表の日の夜半過ぎ、私は一人書斎に閉ぢこもつてゐたのである。」

こんな遊びごころがあったとはちょっと意外であるがおもしろい話である。そして真夜中、しんとした座敷に座り美術品などを眺めていたという作家の淋しさが、読むものの胸にもせまってくるのであった。

落葉松

からまつの林を過ぎて、
からまつをしみじみと見き。
からまつはさびしかりけり。
たびゆくはさびしかりけり。

北原白秋の「落葉松」の詩を口ずさんだら、どうしても最後まで読まずにはいられなかった。声を出して読んだ。八連からなるこの詩の最後は、〈山川に山がはの音、からまつにからまつのかぜ〉で終る。軽井沢の避暑期が過ぎ去り、閉じられた別荘の点在するからまつの小道は、通る人もなくたまに黒塗りの車が疾走してゆくばかりだ。

〈ほそぼそと通ふ道なり。さびさびといそぐ道なり。〉とさびしく詠われている。まるで自分自身がその道を歩いているような錯覚に陥る。浅間嶺に煙の筋も見えたことだろう。白秋の眺めた落葉松の林は秋雨にけぶる心が湿るような日だったのだろう。〈霧雨のかかる道なり。山風のかよふ道なり。〉と詠って心に染みる。

十月の末の今頃の落葉松は黄金色に染まっているのではないだろうか、雪を待つ一瞬の輝きを見せているに違いない。針のような葉の一針、一針が黄色く染まり降り散るのだ。白秋の詩には、この落葉松の黄落の美しさは詠われていないが、この季節に軽井沢を訪れていたら、黄落の美しい落葉松の一筋が入っていたのではないだろうか。

家の裏山の紅葉も美しく色付いてきた。木々はこの美しい色を出す為にどれほどのエネルギーを使っているのだろう。それぞれの木はどんな色を出そうと考えているのかと思う。見ていて飽きない自然の色の芸術に心が穏やかになるこの頃だ。

山裾の農産物直売所にも柿や梨、栗などが色鮮やかに並べられている。葉を落す前の木々の贈物だ。

先日、高知県の人から「新高梨《にいたか》」という巨大な梨を送って頂いた。Kさん自身が梨畑で働いて作ったという梨だ。二年ほど前に癌を手術し体調に不安があるのに、春の花摘み、摘果、そして袋かけ等忙しい日々を実らせた大切な梨だ。今、出荷の真っ盛りで食事の時間も惜しいほどの忙しさだという。それにしても巨大な梨である。梨一個の回りが五十センチ、直径が十五センチ重さが二キロもあった。こんな大きな実を成らせる木はどんな木だろうと、実の成っている所を見てみたいと思った。Kさんは術後の体を心配しながらも、畑仕事の合間に町の行政のことも関心を持ち活動している由。まだお顔も知らない方なのに、その意欲的な行動の源は何なのだろうと思う。「からまつ林がさびしい」

なんて感傷的にばかりなっていては老いるばかりだ。
子供の頭より大きな新高梨は刃を入れるのがもったいなくて食卓の上に飾ってある。

行秋のとんぼにとまるとんぼかな　　　渚男

十二月

先日、階段の上から二段目ぐらいの所から転げ落ちてしまった。「あ」と思った瞬間に下の廊下の柱の隅に頭を打付け倒れていた。両手に持っていた洗濯物の入った大きな籠は散乱し、自分自身もしばらく起上がれなかった。頭が痛い、肩から脚にかけて右側全身を打撲しているようだ。頭の右側を触ってみると大きな瘤が出来ている。主人は留守だった。滑り落ちた状態でしばらく動けなかったが、少し体を動かしてみると何とか動けそうだ。骨が折れていたらもっと痛くて動けないだろうから、骨は大丈夫だろうと少し安心して立ち上がった。孫を四時に幼稚園に迎えに行くまでに、しておかなければならないことをあれこれ考えて、何とか傷む脚を引き摺りながら動いた。夜になって寝巻に着替えた時、痛むところを見てみると、青紫の大きな痣が腕いちめんに出来ていて、どうやら手の指も青黒く腫れていてよく曲がらない。お箸が持てないのだ。ああ、階段から落ちるなんて……。わが家は古い木造建築なので、欅の階段はよく磨き込まれていて滑りやすい。おまけに、その日は寒かったので厚手の靴下を履いていたし、両手に物を持っていたので、滑りやすかったのだろう。いつもならしっかりと手摺を摑んで上り下りするのに……。年をとると足下がおぼつかなくなる。骨が折れていなかっただけ良かったと思う。

「古希とは人生七十古来希《こらいまれ》なり」は昔のことで、今は「人生七十再び生《せい》来る」と人生再出発の年だという。時間というものはかならず過ぎて行くもの、あんなに美しかった紅葉も落葉となって駆けて行く。「辛い」と思うこともやがて過ぎ去ってしまうのだ。

十二月もただ心せわしく過ぎて行くことだろう。子供の頃はお正月が待ち遠しかった。そして一年の長かったこと。童心に返って安らかな日々を楽しみたいとせつに思う。

〈ぞうさん、ぞうさん、おはなが長いのね／そうよ、かあさんも、ながいのよ〉よく子供といっしょに歌ったこの童謡の作者、詩人の「まど・みちお」さんは今年九十六歳、奥さんは九十歳という。五十八歳で処女詩集を出されたというから詩人としては遅い出発だったのだろう。まどさんの言葉から引いてみる。

「私は詩人でございますというほどの詩を書いたことがありません。いつも不安なまま書いているんです、人と同じじゃだめという気は、ずっとしてました。どんなつまらんもんでも人と同じじゃ本気でない証拠。自分って世界をと思いました」と。

トンチンカン夫婦　　まど・みちお

満91歳のボケじじいの私と

満84歳のボケばばあの女房とはこの頃
毎日競争でトンチンカンをやり合っている
私が片足に2枚かさねてはいたままもう片足の靴下が見つからないと騒ぐと
彼女は米も入れてない炊飯器にスイッチ入れてごはんですよと私を呼ぶ
おかげでさくばくたる老夫婦の暮らしに
笑いはたえずこれぞ天の恵みと図にのって二人ははしゃぎ
明日はまたどんな珍しいトンチンカンを
お恵みいただけるかと胸をふくらませている
あつかましくも天まで仰ぎ見て……。

近ごろ私も、電子レンジに食べものを温めたまま出すのを忘れてしまったり、小さな失敗をくり返すようになってきた。年老いても心を柔らかく持ち、笑い合えるような夫婦でいたいと、願っている。

最後の晩餐

庭の日だまりに福寿草が咲いている。今年の冬は雪が少なかったせいか、春の訪れが早いようだ。先日、友人が蕗の薹を摘んで持ってきてくれた。天麩羅もいいが、主人は蕗味噌が大好物である。酒の肴にも、温かい御飯にもあのほろ苦さが美味しいという。よく洗った蕗の薹は、大きめにざくざくと切りフライパンに油を入れてさっと炒める。お味噌は信州味噌を蕗の量より少なめに入れ、酒、みりん少々を振掛けて焦げつくくらいまでよく混ぜる。これが我が家の蕗味噌である。味噌を入れ過ぎないのがこつのようである。

この季節は、町を流れる依田川の冷たい水で育った鰍《かじか》も卵を持っていて美味しいのだが、近年、水の汚れもあったりしてあまり捕れないようだ。

昔、我が家の前に川魚料理の店があり、二月は鰍の田楽をよく焼いて貰った。味噌の香ばしい香が漂っていたものだった。その「小浜屋」という店も主人が亡くなり、何処かへ引越してしまった。職人気質の一本気の人だったが、この季節は時々思い出す。

川の堤防添いに一軒の川魚屋があり、先日訪ねてみると鰍があるという。「最近は捕れなくてね、キロ八千円もするんですよ」という。それでもこの季節だけのものだし、と思って二千円ほどビニールの袋に入れて貰った。空揚げがよいという。

「食にこだわる」とはよく言われる言葉だが、美食家で通っていた開高健氏は、「美食とは異物の衝突から発生する愕きを愉しむことである」と書いている。食の愕きか。

レストランで雑誌の「サライ」をぱらぱらとめくっていたら、「文士の最後の晩餐」という特集が載っていた。作家の永井荷風も舌の奢った人であったが、

「カツ丼」が大好きで、死ぬ前日も大黒家のカツ丼に日本酒が一合だったという。三島由紀夫は鳥の鍋料理が好物で、仲間と八千円のコースを頼んだという。お見送りの時女将が「またお越しくださいませ」と言うと、一瞬沈黙の後「また来てくれと言われてもなあ、でもこんな美しい美人がいるならあの世からでも来るか」と三島が言ったという。あの三島事件の前夜のことである。心の中ではもう覚悟が出来ていたのだろうか。

「もしもこれが最後の晩餐になるなら何を食べたいですか」のアンケートに、鰻、鮨、松阪牛のすき焼き、新蕎麦、などと並ぶが、白い御飯に厚い鮭の切身、大根の味噌汁に白菜の漬物、魚の干物、そして上質の煎茶をゆっくり味わう、などおふくろの味をあげた人が多くあったのに驚いた。美食を尽くした人が最後に望むものは卵かけ御飯に、お茶漬けをなつかしく思うのかと人間の寂しい気持が伝わってくるような気がした。

映画「硫黄島からの手紙」を見た。絶海の孤島の水も食べる物もない小さな島で兵たちはどんな事を考えていたのだろう。五日間も食べ物も水も口にしないで、栗林中将以下の部下たちは最後の突撃に出る。屍にわく蛆虫を口に入れて……。きっと家族と食べた鰻や鮨がまぼろしのように浮かんでは消えていったことだろう。今、日本は平和な時を過している。他国に左右されることなく、憲法九条は必守せねばと思うのである。

秋思

包丁の腹を梅漬けの実に押当て
ぎゅっと手に力を入れる
小さな種が飛び出した
梅肉を細かく刻み、白いごはんにさっくりと混ぜる
掌の中にまあるいおむすびが出来上がる
海苔でくるんだら、ぷーんと海の香りがした
孫の慶太は五歳のころ、おむすびが好きだった
白いお皿の上に、梅のおむすびが二つ
新涼の風に吹かれながら誰かを待っている

庭石の裏の、あの子がおしっこをした辺りに
一本の曼珠沙華が咲いた
真みどりの真っ直ぐな茎の上に載っている花
その赤い蘂は凜とした貴婦人の姿だ
こころの奥に刺さってくるような寂しい赤だ
秋はさびしい、でも秋という字には火が寄り添っている
赤く燃える火の色が
山の紅葉も火の色
飛んで来た赤トンボの尾の色にさえ

「お忙しいでしょう」「お忙しいところ済みませんが……」
忙しいって何だろう、大切なものを忘れて来なかったろうか

あんなにたくさんあった人生の時間が
終りに近づいている
若々しかった木の葉が一枚一枚落葉となるように
それでも人は美しく老いることを考えて生きる
温かい陽射しの方へ体の向きを変えながら

田螺掘り

田螺《たにし》――水田や池、沼などに住む黒い巻貝、歳時記では春の部に属している。貝類でありながら胎生で、初夏に幼貝を生むと書いてあるが、十月の終り頃、稲刈りの済んだ田の水溜りによく田螺を見かけることがある。そしてその田螺を拾っている人もいる。「田螺掘る」は秋の季語としても成り立つのではないだろうか。

先日、SさんとEさんが「佐久へ田螺掘りに行って来た」と言ってビニール袋いっぱいのよく肥えた田螺を持って来て下さった。一週間か十日間ほど水に入れて泥を吐かせないと駄目だという。大きなバケツの中に入れて主人がときどき水を取替えている。「うまいもんだよ田螺のおつゆ」子供のころからよくこんな言葉を聞いていたような気がする。

すっかり泥を吐き出した頃を見計らって味噌汁にした。すばらしく美味しい。これはさざえの壺焼きに匹敵する美味しさである。田螺の身は楊枝で掘出して食べるのだけれど、先端の方にはまだ未成熟の小貝が連なっているものもあり、少し可哀想である。

人間は生き物を食べなければ生きて行けないのだから、これも仕方がないことなのだ。「田螺鳴く」という季語もある。鳴くはずもない田螺が鳴くと思うのは、風流というよりは罪深さの代償のような気がするのである。

頂いた田螺があまりに美味しかったので、夫は自分でも掘りに行くという。この前散歩しているときに、たくさんいる場所を見つけておいたという。そこで、お天気のよい日曜日、家族総出の田螺掘り行となったのである。といっても、ビニール袋を持っただけの軽装、田の畦に屈めば水溜まりにいくらでも居る。掘らなくても拾えたのである。水溜まりもなくなり、寒くなってくると田螺は田圃の土の中へ潜ってしまうのであろう。秋の恵みは稲刈りの終った田圃の中にもまだ残っていたのだ。信州人でも昆虫嫌いの人もけっこういて、蜂の子やいなごが食べられない人がままいる。家のお嫁さんも田螺掘りには同行したのだが、田螺が食べられない。まあ、それも仕方が無いことで、こんなに美味しいものが食べられないなんて、気の毒に思うのであった。バケツの中には出番を待っている田螺が声も出さずに控えている。

秋の味覚といえば、この間、産地直売店で南蛮、ピーマンの葉をもいだものを売っていて買って来た。一度茹でこぼし、油で炒めて醬油と味醂で味を付けただけのものであるが、これがまたピーマンや南蛮の実より美味しいのだ。直売店には霜降りしめじも売っていて思わず買ってしまう。今晩は、霜降りしめじ御飯、南蛮の葉の炒め煮、そして田螺のおつゆ、主人の酒のつまみに、イクラの醬油漬とウニを添えた。

ああ、田舎の食卓は自然の恵みに包まれて、人なつかしい暖かな気持がふつふつと湧いてくるのだ。

秋冷や掘りし田螺に水替へて　渚男

寒明ける

水海之氷者等計而尚寒志三日月乃影波爾映呂布　　赤彦詠　茂吉書
（みづうみの氷は解けてなほ寒し三日月の影波にうつろふ）

諏訪湖畔にある赤彦の歌碑からの拓本を表装したこの掛軸を立春の日に出して飾った。諏訪湖は一月下旬からの寒波で二年ぶりに御神渡《おみわた》りが見られたという。「おみわたり」とは湖面の氷が膨張と収縮を繰り返し筋状に盛り上がる現象で、諏訪大社上社の男神が下社の女神に会いに行った跡と伝えられている。せり上がり具合を観測して今年の吉凶を占う神事も行われている。今年はどうやら「豊作」と占いが出たようだ。諏訪湖のきびしい寒さに耐えながら、神の恋を語り伝えてきた昔の人のロマンがほほえましく伝わってくる。

恋と言えば島木赤彦と川井静子の恋もせつない。諏訪湖が見渡せる高台に赤彦旧居が保存されている。赤彦に純愛をささげた歌人として知られる川井静子は、私の町の隣村で上田市に合併された旧武石《たけし》村の出身、旧姓中原静子である。松本女子師範学校を卒業後東筑摩郡広丘小学校に教師として赴任した。同校の校長であった赤彦と出会い短歌を師事、「アララギ」に入会し、歌の道に専念した。それからほどなくして赤彦は「アララギ」の編集に携わるため、教職を退き上京していった。当時赤彦は三十九歳、故郷には既に二度目の妻があり、六人の子供を抱えていた。静子との愛情は師弟愛からしだいに恋愛へと発展してゆく。許される恋ではなかった。その後静子も肺の病で教職を去り、武石村での療養生活が続いたという。いく度も赤彦は武石村を訪れ見舞い、毎日のように手紙が送られてきたと静子の日記に綴られている。

この森の奥どにこもる丹《に》の花のとはに咲くらむ森のおくどに　　赤彦

赤彦が静子と二年間を過ごした桔梗ケ原を去るにあたり、静子に送った歌である。丹の花（静子）は私の心の奥深くに刻まれ、「とはに咲くらむ」と心の丈を詠んでいる。

大正十二年、静子は川井明治郎に嫁いだが、二人の子供を残して夫に先立たれてしまう。子供を連れて武石村に戻った静子であったが、針仕事などで貧困の生活を過ごしながらも、歌の道は捨てなかった。川井静子がその頃、私にかかわってくるなんてまったく偶然は面白いものだ。静子の長男である奎吾氏が私の小学校六年生の頃、私の母校の依田小学校で教師をしておられた。私の担任ではなかったが、親しく遊んで頂いた。師範学校を出られたばかりであったかも知れない。真っ白なワイシャツと腰に白い手拭いを下げていた姿をはっきりと覚えている。若々しさが漲っているようなオーラがあった。その頃は川井静子の何たるかも知らず、接していた先生だったが、あれが私の初恋だったかも知れない……。静子が書き溜めていた日記が死後に『桔梗ケ原の赤彦』（古今書院）として出版され、静子の七回忌に遺歌集『丹の花』（理論社）が長男によって出版された。

純愛は思い出だけで生きられるのだ。

（上田市丸子町在住の関幸子氏の著書『赤彦を慕う日々』川井静子小伝を参考）

受賞のことなど

春雪三日祭の如く過ぎにけり　　石田波郷

芸術選奨、文学部門の文部科学大臣賞、受賞の報せはある日突然やってきた。「もしもし文化庁の田中ですが、矢島渚男さんいらっしゃいますか」。電話に出た私はこの頃よく出版社や会社を名乗って高価な本やビデオを売り込む電話が多いので、そんな電話かと思ったが、ちょうど主人が家に居たので、仕事場の二階へ電話を繋いだ。

しばらくして二階から降りて来た主人が、『百済野』が芸術選奨に選ばれたんだって、と言う。何ということだろう。今まで主人は、俳人協会や現代俳句協会などに属さず、一匹狼で俳句を続けてきたので、賞というものに縁がなかった。私は、今度受賞が決まった『百済野』よりも、その前の『梟』や『延年』の句集の方が好きであった。

今年度の文学部門の受賞は小説家の島田雅彦さんと主人の二人だという。何だか夢のようなことだ。

選考審査員は先頃亡くなられた川村二郎氏や黒井千次・佐々木幸綱・宇多喜代子氏など七人の錚々たるメンバーによるものだそうで、授賞式は三月十日であった。

田舎育ちの私はホテル・ニューオータニに入るのも始めてで、授賞式壇上の金屏風の輝きがまぶしかった。貧しかった新婚時代、苦しかった子育てのころのことなどが、頭の中に待ち時間のとき浮かんでは消えた。隣のテーブルに三谷幸喜さんと俳優の唐沢寿明さんがおられた。私ははっと思い、一緒に写真を、とお願いしたら、「どうぞどうぞ中に入ってください」と、私を真中にして、お二人が両脇に立ってくださった。孫娘が唐沢さんのファンなので、この写真を見せたら喜ぶことだろう。ほんとうによかった。

放送部門で受賞されたテレビプロデューサーの菅野高至氏はＮＨＫの時代劇の制作者であり、藤沢周平原作のドラマ『蟬しぐれ』や『清左衛門残日録』などを手掛けられた方だ。これらのドラマは主人のお気に入りだった。「あれはね、俳優さんがよかったんですよ」と恥ずかしそうに話してくださった。こんな方々とお話が出来たのも何かの縁だ。

芸術選奨の文学部門に、俳人として選ばれた最初の人が石田波郷先生であった。昭和四十三年のこと。ちなみにこの時の新人賞が辻邦生氏である。主人も亡き波郷先生につながる思いが込み上げていたことだろう。

興奮のさめやらぬ思いで、仲間の人達と会場を出るともう夕暮であった。皇居外堀の桜並木の道を四ツ谷の駅まで歩いた。桜の蕾はまだ固かったが、春の夕べの三日月がくっきりと美しかった。

やがて桜も咲き、そして散ってゆくことだろう。春の雪が祭りのように降り、消えていったという波郷の句を思い出しながら、祭りのような授賞式が終った。

花束に木苺の花受賞式　　昭子

新緑の中で

東京国立博物館で公開されている「国宝薬師寺展」。奈良薬師寺の国宝、薬師三尊像の日光、月光菩薩を中心に、いにしえの美と祈りを今に伝える展覧会である。

仏さまの魅力を探るというNHKスペシャル「日光、月光菩薩・薬師寺千三百年の祈り」と題したテレビも見た。日光、月光菩薩がそろって寺外で公開されるのは初めてだという。今年の三月、薬師寺金堂から旅立つ前に光背が取り外され、後姿が明らかになった。

初めて人の目に触れたその背中は、やわらかく丸みをおび、人を超越したその後姿はまるで生きているような重みがあり目をうばわれた。副管長という人の手が千三百年の塵を拭うべく、父や母の背中を拭うような優しさで清めていたのが印象的であった。日光は男性、月光は女性を思わせるが、その背中はほんとうに肉が付いているほどたくましく凜々しい。そして背骨のくぼみが一本しっかりと入っている。その一本の線の美しさに体がふるえるほどの感動が走った。

人はなぜ仏に手を合わせるのか、千三百年前の人の祈りと今の人の祈りが出合っているのだ。この崇高なものに救われたいという気持も湧いてくる。

一ケ月前、私は十五歳も年の違う長姉を亡くした。八十七歳の高齢であったため眠るような最期であったが、幾つであっても姉妹を失うことは淋しい。火葬の後の骨を拾うとき、骨粗鬆症になっていた姉の骨は、拾い上げるともろく崩れてしまうのだった。また股関節の骨を人工関節に替えていたので、セラミックの人工骨が残って出てきた。人を寄せ付けない固さの骨は箸で持ち上げることが出来ないほど重く、人工骨の入っている方の足は体温が二度ぐらい低くなっているものと火葬場の人が話してくれた。姉も辛かっただろう。

姉の火葬の骨を拾いながら、私は日光、月光菩薩のあの背中の骨の窪みの優美な線を思い出していた。まるで熱い血の通っている肉体の理想の姿、大きく包み込んでくれるような無理のない優しさと威厳、そんな仏たちの世界へ姉もやすらかに旅立って行ったのだと信じたい。

先日は中国で未曾有の大地震が起き多くの死者が出た。地震国でもあるわが国、戦争もあったこの国で千三百年もの間、よくぞ無事な姿を私達に残してくれたものと、あらためて先人の思いを思うのである。守るということの大切さを思う。

孫に読み聞かせるために『百人が感動した百冊の絵本』を買った。丸木俊・丸木位里夫妻が原爆の悲惨さを描く「原爆の図」は御夫妻が亡くなられてしまった今でも、人々に深い感銘を与え続けているが、絵本として『広島のピカ』という本がある。その中にこんな一節があった。

「ピカドンは人が落とさにゃ落ちてこん」

戦争のない世の中で、大切なものを後世まで守ってほしい。

若葉から青葉へ そして川辺の草むらから柔らかな蛍の生まれ出る季節を迎える。

梅雨の夕焼

梅雨の明けた沖縄
梅雨に入ったというみちのく
細く長いこの島国に水の恵みの梅雨ありき

汗ばんだシャツを着替え
ゆで上ったそら豆をつまみながら
小さな缶ビールをひと息に飲む
それは至福なひととき、男も女も
そうだ、新じゃがのあつあつにバターを塗ったのも

おいしかったねえ

母の村の麦秋だ
思い出の小麦の毬に手のひらが痛い
桑の実を見かけることはもう無くなったけれど
くちびるを染めて喉もとを過ぎていったあの味
きれいな紫のいろだった

墓地の隣にあった小さな石の祠
草藤の藪の中にすっぽりと埋もれて消えた
父と一緒に行ったあの水神さまの祭りも
絶えてしまったそうな

過ぎた昔の風に吹かれたくて
年老いてもまだ大人になりきっていない私

ずぶ濡れの梅雨雲よ風に乗って速く消えなさい
真っ白な入道雲が青い空に湧いてくるのを
待っている人がいるから
一筋の赤い梅雨の夕焼をながめながら

木を植ゑて八十八夜明るくす
濡れ髪に風入れてをり水鶏鳴く
足裏を白く洗ひて螢待つ

昭子

人形と富士

主人の出ている五月の「ＮＨＫ俳句」のゲストは人形作家の与勇輝氏であった。勇気を与えるなんて素晴らしい名前だと思ったら本名だという。今まで、この著名な人形作家のことをまったく知らなかった。知人の紹介でこの作家を知ることとなり、その仕事の素晴らしさに驚いた。全国各地、またパリでの個展など大きな評価を得ているという。河口湖に常設展示の「与勇輝館」があると聞いて観に行った。日本人の心の琴線にふれるような郷愁を誘う子供の世界やその原風景、森の中の木々の妖精たちやファンタジックな夢の中へ誘う人形の数々。その一体一体がまるで心を持って生きているような錯覚に陥る。「布の彫刻」と称賛され多くの人々を魅了してやまない。今、「癒す」という言葉が流行語のように使われているが、この人形たちを観ていると、気持が和み癒されるのである。人形に宿っている純粋な心がすうと自分の胸の中に入ってくるのだ。叱られて泣いている顔、怒っている顔、悲しい顔、表情が伝わってくる。いや、それは人形を作っている作者、その人の心が見えてくるのだ。作者自身の言葉としてこんな文章が載っていた。

「私の作る人形は笑わない、ほほ笑みぐらいに止どめておく。ずっと笑っているなんて人形が疲れるから……」。「常設展でずっと飾られて人に観られていると、人形も疲れるから時々休ませてあげないと……、年二回の展示替えで作品を休ませます」と、人形を人間と同じように扱っている。なんと優しい気持の人だろうと思うのである。

作品の多くは木綿の布を用いるという。いろいろの布地に対する確かな色使い、選択眼が素晴らしい。適当な布が見つからず悩んでいると、作りかけの人形は「早く作って下さい」と催促するという。

髪の毛一本一本から指の先まで、血の通っているようなリアルな表現に驚く。私は大人になるまで、髪の毛は毛先から延びるような思いがあった。白髪を染めるようになって髪の毛は頭の地肌から延びてくるものだということを実感した。地肌より白い髪がいっせいに延びて来るのは気持の悪いものであった。与氏の人形の髪は地肌より延びてくる感じがあってさすが手が混んでいるなと実感した。

テレビでの与氏の一句は人形にまつわるものであった。

人 形 に 紅 さ す 窓 の 明 け 易 し　　勇輝

おもに深夜仕事をされるという。気持が乗り移ったように仕事が進み、最後に人形の口や頬に紅を差し血の通った瞬間の作者の気持はどんなものだろうと思う。女の人が赤ん坊を無事出産した時のような感情ではなかっただろうか。

その日、河口湖は曇空であいにく富士山は見えなかった。夕方、西湖の方を回った時、ちょうど雲が切れて、曇天ながら富士山がくっきりと姿を現した。まだ硬い雪が残るその姿を間近に観たとき、はっとする感動を覚えた。山中の余花がぼんやりと色を添えて優しい富士の姿であった。「富士には月見草がよく似合う」と太宰治は言ったけれど、富士には桜もよく似合っていた。自然はただそこにあるだけで美しい。大きな癒しである。

刻む

皮付きの胡瓜をうすくうすく刻む
塩を振って胡瓜もみを作るため
ぷっくりと形よく膨らんだ茗荷をうすくうすく刻む
もも色の鰹節を載せて生醤油をたらす
温かい御飯に載せるために

葱を細かくみじんに刻む大葉も混ぜて
蕎麦とうどんの薬味をけちらないでたっぷりと入れるため

玉葱のみじん切りは泣けてくる
みじんに刻んだ玉葱は時間をかけて炒めると
カレーの味がぐんと美味しくなるよね

キャベツと大根の千切りはすこし難しい
指を切らないように慎重に切らなければ
道具で刻んだものより歯ざわりがやさしいものね

刻むことは無心の愛
みかえりを求めない愛の姿
でも「美味しかった」と言ってもらいたい
無職という名の主婦の仕事

子供が子の親にその子がまた子の親に
えいえいと続いてゆく命の営みの中で
台所に立ちものを刻むというちいさな愛の姿を続けてほしい
優しさという味をうつして
まな板に刻まれた幾千の傷が私の生きてきた証しなのだ

極月

朝、起きがけに布団を出たとき、いつもより寒いと感じた。窓のカーテンを開けて外を見ると、前の家のトタン屋根の上が霜で真っ白になっていた。外の気温がマイナス三度であった。今年始めてのマイナスの気温だ。昨夜はよく晴れていたので放射冷却現象も重なったのであろう。炬燵はもう十月の下旬から作ってあるので、早速電気を入れた。

遠くに見える浅間山はもう何度か雪が降ったが、今朝は山の傾斜全面が白く輝いている。気温が低いために起こる川霧が、千曲川から立上って雲海のように続いている。

もう冬だなあ、と思う。

今年の紅葉は美しかったけれど、もう雑木山の黄葉も焦げたような色に変わってしまった。それでも落葉松林は最後まで美しい黄色を残しながら、力尽きて落ちてゆく。針のような黄色の葉の一枚一枚が地に溜まってゆくのも、秋の残り香のように愛しい。

落葉みち乾く日もなくなりにけり　　也水

水原秋桜子の「馬酔木」に投句していた父がこの句を自分の茶飲み茶碗に描いていたことを覚えている。あれは誰かに造って貰った茶碗だったのだろうか、素人の手作りのような感じのものだったけれど、父はこの茶碗を愛用していた。

私は、少女の頃からこれといった夢もなく、内気な子であった。ただ、流れるままにあまり努力もせず、大きなことは考えることが出来なかった。七人兄弟の末っ子であったから、甘えん坊で大人になってしまったという思いがある。長兄は戦死、他の姉たちもすでに亡くなり、今はすぐ上の姉と二人だけになってしまった。喜寿を前にして今は死ぬときは、「どうぞ痛くないように」と、それればかり思っている。私は交通事故や乳癌の手術、など、痛い、切ない入院の経験がある。「痛い」のがほんとうに怖いのである。

先日、中学生の時のクラス会があり、全国に散らばっている同級生の顔が並んだ。おおかたは頭の髪が薄くなっていたり、もう何人かは亡くなっている人もいる。場所は故郷に近い上山田温泉、皆少年の顔で飲んで、飲んで笑った。最後に「ふるさと」を皆で歌った。東京から参加した一人が涙を溜めている。長いこと実家へ帰っていないという。なつかしく、淋しく、そして温かな会であった。

ふるさとは遠きにありて思ふもの
そして悲しくうたふもの……

室生犀星の美しい詩のように、親が亡くなった故郷は遠くにありて思うものなのかも知れない。小春日の日に干して膨らんだ布団の中で、何もかも忘れて眠ってしまうと、今日のことはもう思い出の中に消える。

十二月、今年はほんとうにいろんなことがあった。日本国内も世界でも……、政変、この国はどうなるのだろうか、老人といえども心配なことである。大きな船からこぼれ落ちていった人たちのことを思い極月の空を仰ぐ。

船のやうに年逝く人をこぼしつつ　　渚男

夕焼の空

今年九十五歳になられた映画監督、新藤兼人氏の最新作『石内尋常高等小学校・花は散れども』が公開されているという。私はまだその映画を観ていないが、先日、NHKテレビで放映されていた新藤兼人の生きざま、人生観などを見て、心に満ちてくる思いがあった。小学校時代に担任教師から受けたさまざまの体験が、その後の監督の人生に大きな影響を残したという。「嘘を言ってはいけない、自分の思った道を進みなさい」と。この一言が苦しい時の支えになったとも。「石内尋常高等小学校」は、広島県三原町にある新藤兼人の生まれ故郷。映画の撮影はすべてこの土地で行なったという凝りようだ。

映画の主人公は結婚していながら、ずっと小学生の頃から好きだった人の子供を生んで一人で育てるという、強くて自立した女性。女優の大竹しのぶが演じているという。好きだった男性の子を生んで「あんたはあんたの道をゆきなさい」とはなかなか言えない言葉だ。九十五歳の新藤氏の心の中の「生と性」であろう。

思い出が一つあれば人は生きてゆけるのであろうか。現実はそんな甘いものではないだろうが、一つのことを大切に思い続けてゆくことは、大きなエネルギーになるのだと思う。新藤兼人監督にはある時期より、乙羽信子という女優の存在があった。私は内情を全く知らないが、推測するに乙羽さんの献身の愛があり、またお互いに仕事の上でのエネルギーを与え続けていたのだと思う。でも、私は考える。別れた夫人の気持はどうであったのだろうと……。音羽さんの存在を知ったときは、やはり苦しんだに違いない。その愛を理解しようとしながらも眠れない夜が続いたことだろうと想像する。何も知らないものがこんなことを書くことは場違いとは思うが、愛は生まれるもの、そしてお互いを高めあわなくては意味がないのではないだろうか。

監督は一人でマンション暮らしをしているという。朝起きると、乙羽さんの位牌に線香を薫くことから始まり、脚本は鉛筆で一字一字書くというから驚きだ。九十五歳にして新しい作品をもう一本撮りたいと話す。シナリオを書くことが生きがい、と断言する。

「乾いた脳が湿ってくるんですよ」「脳に字を植えつけるんですよ」とも。

独立プロという失敗の許されない世界なのに、大勢のスタッフや俳優さん達が、この監督のために熱くなって働くという気持が私ごときものにも伝わってくるのだった。

折しも、新藤監督の愛弟子で大きく成長された神山征二郎監督の作品、『ラストゲーム最後の早慶戦』が上映されている。戦争末期、野球が敵国のスポーツだとして受け入れられなかった時代の六大学の野球部の話だ。

上田市営球場がその当時の早稲田の戸塚球場にぴったりの場所だったとのこ

とで、上田市の古い球場に早慶戦の応援歌が流れた。もろもろの事情を抱えて学生らは最後の早慶戦を戦いつくし出征して行った。そのひたむきな青春の心情に涙した。

永遠の中の一瞬、だれの心にも残るその時、秋の夕焼空はその一瞬がよみがえる時かも知れない。

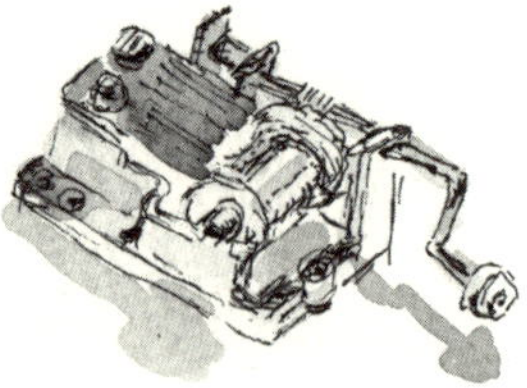

夜長

依田川の橋を渡った対岸に産地直売所がある。昨日車で通りかかったので寄ってみたら楽しい買物ができた。実の収穫の終ったピーマンの葉、間引いた大根の葉、山で採ってきた茸のしめじ、それにこの地方では美味しいと言われている場所の今年の新米が出ていた。それぞれの生産者の名前入りというのが嬉しい。ピーマンの葉っぱはこの季節しか売っていないので、二袋も買ってしまった。茹でこぼして煮たのが夫の好物なのだ。

茸の香りが顔に広がってくる新米のしめじ御飯、ピーマンの葉の煮物、山芋を擂り潰したものにパリッともみ海苔を掛ける、大根葉の炒物、こんな秋の山の幸を夕食の膳に並べる。これだとちょっと蛋白質が足りないと思い、秋鯖の塩焼きを添える。ああ、食べるということは素晴らしい。

主人はこの頃「家で飲むとすぐに酔ってしまうなあ……」と、酒量が減ってきたことを嘆いている。そこで私も「美人の顔がそばに居なくて悪かったわね……」などと返す。心の内のわかりきっている夜長の夫婦の会話である。

夜、久し振りに嫁いでいる娘から電話があった。娘の次男は今年中学三年生、高校入試を控えている。夜遅くまで塾に行ったり大変なようである。十五歳の試練である。そう言えば、この頃私が気に入って買ったCDがある。「手紙〜拝啓十五の君へ〜」アンジェラ・アキという人の作詞作曲で今年のNHK全国中学校合唱コンクールの課題曲である。

拝啓　この手紙読んでいるあなたは　どこで何をしているのだろう
十五の僕には誰にも話せない　悩みの種があるのです……
今負けそうで　泣きそうで　消えてしまいそうな僕は

誰の言葉を信じ歩けばいいの?……
いつの時代も悲しみを避けては通れないけれど
笑顔を見せて　今を生きていこう
今を生きていこう

手紙の詩の抜粋であるが、人には語れない十五歳の多感な少年が自分自身に宛てて書いた告白の手紙なのだ。始めて聴いたときなぜか涙がにじんできた。テレビゲームばかりしていた孫が急に口数も少なくなってきたことを、少し理解できる詩だと思ったからだ。青春という匂いを感じはじめているのだろう。彼らが大人になったとき、この国はどうなっているのだろうか。経済的な世界恐慌の予感、親が子を殺す惨劇、切れる若者などなど、前途への不安がよぎる。老いてゆくものは孫の世代に何を残してゆけるのだろう。せめて毒の混じっていない美しい自然、そしてやすらかな世の中をと思わずにはいられない。

「手紙」の最終節はこんな言葉で終っている。

～拝啓　この手紙読んでいるあなたが　幸せな事を願います～

暖かな秋晴れの日が続いて、厳しい冬がやってくるのを忘れそうである。でも冬は確かにくる。お金が無くても生きていることが面白いと思われるような日々が待っていることを私も願い、何かを摑んでいたい。

観音さま

格子越しに拝んだ千手観音は
うす暗く寒いところで
千の手の重みに耐えていた
優しいお顔で凛々しくお立ちになっておられるけれど
その千の手の重さを長い間、骨身に感じてこられたのでしょう
寂しい冬の間は、せめて扉を閉めて
冬眠のように、その手をだらりと下げて
お休みになってはどうでしょうか
人間もそんなにたくさんのことをお願いしてはいけません
お願いはたった一つだけでいいのです

初日

冬の日本海もときに凪るときがある
よく晴れた空の色と黒みがかった藍色の海が
ただ一本の線でつながる所がある
人はその向こうにあるものに憧れる

朝日はぐんぐんと昇る時も、夕焼けて落ちてゆく時も
音はしない
地球が回っているから
船に乗って水平線に近づいたとき

そこに水平線はもう無い
はるかな沖に一本の水平線があるばかり
新しい年が始まる　はるかな沖に
初日が昇る

正月や羽織の裏の遊女たち　　　昭子
袖口にレースの白の淑気かな
マスクにも眼鏡にも合ひ耳の位置

裏山の紅葉

日の暮れるのが早くなってきた。午後二時、傾きはじめた日差しが茶の間の床の間まで届いている。床の上には散歩の帰り道に手折ってきた野菊が、使われていない水差しに投げ入れてある。枯葉の付いているその紫と黄色の小さな花々が明るく、小春日和の陽ざしの中に生きているように美しい。今年の秋の紅葉は、とりわけ綺麗だったような気がする。雨の日が少なかったせいもあるだろうが、裏山の紅葉を毎日眺めていても飽きることがなかった。奈良や京都やどこそこの紅葉の名所に出かけなくても、田舎の自然は同じように人の心をやさしくしてくれる。

この美しい山の紅葉を眺めながら、詐欺や殺人を考える人は居ないだろうとも思う。自分の心が優しくなっているときは、優しさもむこうからやって来るものだということを、先日実感する出来事があった。

夫の仕事がないときは、お互いの健康を考えて出来るだけ歩くよう心がけている。その日は午後の散歩を河原の堤防沿いの道を選んだ。その先に丸子修学館高校野球部の練習グランドがある。かつて丸子実業高校と呼ばれていた頃は、甲子園にも何度か出場したことがあり、野球部には町民も親しみがあり放課後の練習をしているときも土手ファンが車を止めて見ているほど。その日は、小諸高校の野球部から選手たちがやって来て、練習試合をしているようであった。グランドを囲んでいる田んぼの畦道などにぱらぱらと見物客が声を出したりしていた。「ちょっと見て行こうか」と言うので、ネット裏のベンチに座った。試合はもう八回の裏まで進んでいて、丸子が二十対四というとてつもない数字で勝っていた。はるばるやって来た小諸高校の九回最後の攻撃で一点入り、試合は終った。見物人はもうみんな帰ってしまった。両校の選手がホームベースの前に整列し、爽やかな声で礼を交している。そして、そのあと、小諸高校の選手がバックネットの前に整列し、「ありがとうございました」と帽子をとり一礼したのである。その時バックネットの裏には私たちの二人しか残っていなかった。私はなんだか胸がいっぱいになり、夫と二人で思い切り拍手したのだった。

礼儀正しいスポーツマン精神、若者のエネルギーがじんじんと伝わって来た。一瞬の出来事であったが、私達二人だけに選手全員で挨拶をしてくれたその興奮が、しばらく体を熱くしていた。

老いを意識し始めてからの一年は早い。春の桜も、やたら暑かった夏も、あっという間に過ぎて町にはジングルベルの音が流れている。

初めての雪に薄化粧した浅間山の山頂を傾きかけた冬の西日が明るく照らしている。

昭子

夜の落葉父あたたかく酔へるなり
ふる雪にぜんまいを煮る楽しみあり
四温なる熊の膏のうすにごり
絵の中の窓に描かれし枯野かな
冬晴や石段の上あこがれて
雪がきてつくづく山に囲まるる

北国の旅情

網走行き特急オホーツクに乗ったその朝
大雪山系に初雪があった
昨日から歩いて歩いて歩いている果てしなく広い北海道
この北の国の原生林の真ん中に広い広い一直線の道を通した人は誰か
この原生林の一本に始めて斧を入れたのは誰か
その情熱が迫ってくるような果てしもない一本の道

秋も末の柔らかな日にてらされたこの道の果てにあるという
大きな湖が見たくて

その一部が海と繋がっているというサロマ湖に辿りついた
花も終りの原生花園に自転車を漕げばハマナスの赤い実が豊作
波の音が聴きたくて駆けあがった小さな砂丘の上の東屋にこんな立札があった

「この夕日持ち出し禁止です」　　サロマ湖　常呂町観光協会

まだ夕日には早い時間であったが、満目のオホーツクの海を赤く染めて沈む大きな夕日が見えるようであった

北海道は湖の国だ、噂の摩周湖をぜひにと願ったが果たせなかった
旅の終りは名前にあこがれて来た美幌の町の夜であった

間口一間の小さな居酒屋のラーメンとおでん
名前も知らない一組の夫婦がカウンターの奥で飲んでいた
北海道の大学の医学部を出てこの町に居着いてしまったというお医者さん
信州を旅したことがあると懐かしそうに話しかけてきた

「美幌に来て峠まで行かないなんて、私が連れて行ってあげましょう」
先生は人恋しかったのだろう、行きずりの旅の思い出として別れたのだが
次の朝早く、ホテルの電話がほんとうに鳴った

御夫妻で暖かいコートまで持って迎えに来て下さったのである
朝食までの一時間あまりを見ず知らずの旅人を車で案内してくださったのだ
熱いものが込み上げて来た

美幌峠の眼下に広がる屈斜路湖はわずかに霧をまといながら
その奥にあるという摩周湖まで見透かせるほどに
深々と神々しく静まりかえっていた
北国人の熱い情けと大きな自然の力にふれて私は言葉を失っていた

死体は二度と浮きあがらないという底知れぬ北国の深い湖に
粉雪が舞う季節だ
人の足跡を凍らせ、すべてを無に返して

「雪はしづかに」

昨年の暮のことだった。夕飯の支度にかかる前のひととき、ふとつけたテレビに思わず見入ってしまった。それは四国愛媛県に生まれた俳人の故郷を訪ねるというＮＨＫ・ＢＳの番組であった。俳人の辻桃子さんが旅人で、石田波郷、富沢赤黄男、芝不器男、といった著名な俳人の生家などが映し出されていた。印象的だったのが波郷の生家、もうかなりの年配になられている波郷の妹さんが二人、庭先で話をされていた。「やさしい兄でした」と、二人とも面ざしが波郷とよく似ている。

秋いくとせ石槌《いしづち》山を見ず母を見ず　　波郷

東京へ出てからはこの生家や妹たちのことを心に住まわせていたことであろう。庭から石槌山が見えるとのことであった。昭和七年に二十歳で上京するまで、師であった五十崎《いかざき》古郷氏は歩いて三十分ばかりの隣村に住んでいたという。古郷の生家には息子で俳人になっておられる五十崎朗さんが住んでいる。テレビはここで思いがけないものを見せてくれた。朗さんは父の縁から俳人となり、東京の波郷の家とも親交が深かったらしい。波郷が逝去されたとき、あき子夫人に何か形見になるものを下さいとお願いしたという。波郷は生前三度にもわたって肺結核の胸郭成形手術を受け、胸に合成樹脂球を入れていたのだった。胸の中から取り出されたピンポン球に似た球が23個残っていたという。五十崎氏はその球を形見として分けて頂いたのだった。やや黄みをおびたその球が画面に映し出された。

波郷を苦しめた胸の病巣から出てきた球を私は見てしまった。何だかとても親しいもののような、悲しいもののような、テレビの画面なのに胸がつんつんしてしまった。

「古郷忌を人にはいはず日暮れぬる」という波郷の句があるが、まだ故郷の松山にいた十八歳のころから毎日のように隣村の古郷の家を訪ねて作った俳句に丸を付けてもらっていたという。はじめての師である古郷には、終生深い思いがあったことだろう。その古郷の生家に胸の球が残されたということに、私は不思議な感動をもらったのである。

ふと思い出して星野麥丘人著『波郷俳句３６５日』を炬燵の上に持出してきた。今日は一月十三日、その項をめくってみるとこんな句が載っている。

力なく降る雪なればなぐさまず　　波郷

清瀬療養所に入院生活の多かった波郷にとって、窓からの眺めは心を癒すなによりのものであったであろう。「雪は天からの慰問便のやうに舞ひ降るのである」とある。力なく降る雪では慰まなかったのだ。さんさんと力強く降る雪

に心を踊らせたかったにちがいない。その前日の項にあの名句となっている

雪はしづかにゆたかにはやし屍室　波郷

が入っている。人間探求派としてその風貌も声も、後姿も、家族も、丸ごと一人の人間として一人称の詩なのだ。年輪を重ねるということはひと日ひと日の哀歓の詩を重ねてゆくことかも知れない。

息子が年末ジャンボ宝くじに五万円あたったという。今年は何かよいことがおこりそうな気がしてきた。私も力ある雪を待っている。

彼岸のころ

三月十四日は私の誕生日である。私は七人兄弟の末っ子で母が四十歳の時の子である。すぐ上の姉が六番目で名前が六子《むっこ》、もう出来ないだろうと思っていたところに生まれたのが私だ。父がもう名前を付けるのも飽きた？で「昭子」だと言ったとか、そんな冗談話を聞いたことがある。丈夫でたくましくなるようにとか、優しく美しくなるようになどと名前を考えたのではなく、父は随分いいかげんな名前の付け方をしたものだと思う。

昔は子沢山の家が多かった。私の生まれた田舎の村では今のように子供の誕生日をケーキで祝うなどということはなかった。考えてみれば私は父や母の誕生日がいつであったのか知らずに過ごして来てしまった。

成人してからは、父の日、母の日、老人の日という祝日もできて、ささやかな贈物をしたこともあった。父母が死んでからはその命日のほうがより鮮明に心の中に刻まれていて、その日は仏壇をみがいたり、花を新しくしたり時には甘いものを作って供えたりもした。仏壇は親しい場所なのである。

「今日は何の日か知っている?」。朝起きて来た夫に聞いてみた。「ううん?」「あ、そうそう、誕生日おめでとう」と言う。私が二、三日前から「今度の日曜日は私の誕生日だからね」と宣伝しておいたので覚えていてくれたらしい。

久しぶりに四温の暖かさがもどってうららかな日差しが庭いっぱいにさしている。夫は町の公民館で詩歌祭があるので出掛けてしまった。私はお彼岸も近いのでお墓掃除に行こうと思い立ち、熊手と箒を持って小学校の裏手の道を山の方へ登って行った。

遠くから見えているわが家の墓に立つ一本の杉の木、この樹は夫が生まれた時父親が植えてくれた木だというから、もう確実に六十数年は過ぎている。じつに堂々としている。その杉の枯葉が墓地いちめんに落ちている。青木の大きなかたまりや墓石の裏側にある龍の髭の群生も勢いよく伸びている。持ってきた熊手で落葉を掃き寄せると、その下になんと蕗の薹が芽を出しているではないか。さわやかな黄みどり色の根元が少し赤紫色をおびている。そこが乙女のようにういういしい。お墓のものは縁起が悪いというけれど、私はその蕗の薹を誕生日の贈物のような気がして十個ほど上着のポケットに採った。隣の墓の土手の方も歩いてみたが、もうどこにも見つけることは出来なかった。

山際の高台にある墓からは町全体が見下ろせる。千曲川の支流の依田川を挟むように迫り出した山々が奥深くのびて、その果てに横たわる美しが原高原はまだ残雪に包まれている。この墓に入る死後もなかなか良い眺めであることに満足し私は少しおかしかった。

先日、信濃デッサン館で夭折の画家村山槐太の槐太忌があり、永六輔氏と筑紫哲也氏と館主の窪島誠一郎氏をまじえた鼎談を聞きにいった。「命について」

と題するその話の中で、永氏が今話題の臓器移植についてこんな発言をされた。「私は臓器は貰わない、やらない主義なんです」「日本の仏教の考えや習慣のなかには、お盆やお彼岸に帰ってくるということがあるでしょう、その時、内臓がなかったり、眼がなかったりしたら困るでしょう」。と、永さん流のジョークかも知れないけれど、科学技術最優先の時代に宗教と心の側からの発言であったと思う。夕食はお墓で採った蕗味噌で驚かそうと思う。

悲しみ

心労の日々を抜けだしたくて、ある日家を出た。目的もなく新幹線のホームに出たとき、盲導犬を連れた二十歳後半と思われる一人の女性が、母親と思われるもう一人の女の人と一緒に私の後に並んだ。お眼が不自由とは思えないさわやかな笑顔で連れの人に話しかけ、盲導犬は彼女の膝元にぴったりと寄り添って座っていた。列車に乗るため列が動き出し、盲導犬が立ちあがったとき、後足の間からビニールの袋のようなものが見えた。赤い布の犬のコートを着せられていて、その全容は見えなかったが、私は「あっ」と心のなかで声を発していた。長い時間の汽車の旅、目の不自由な人が連れている犬の排泄の始末の出来ないことを考慮してのことだろうか、犬のおむつであった。

「梟」九月号の〈身辺の記〉に、観光馬車の落とす馬糞のおむつ騒動のことが書かれていたが、盲導犬におむつが付けられていることをはじめて知った。お目の不自由な方はもちろんであるが、私は盲導犬の悲しみを思ってしまった。盲導犬になるには、それこそ厳しい訓練があるという。目の不自由な人を先導して行かなくてならない、という緊張感もあるだろう。知らない道もあるだろう。守るべき主人の言葉だけを頼りに行動しているのだ。犬は辛い、苦しい、淋しいの言葉は持っていないのだ、と私はそのとき気がついた。そして犬は常に優しい顔をくずさずに行動していることに感動した。ああ、自分は盲導犬にも劣る愚か者であった。少しばかりの心労にわれを忘れていると反省したのだった。言葉はいらないんだ、と思った。

汽車の中で広げた北村薫の『詩歌の待ち伏せ』にこんな詩が載っていた。私の好きな詩人、石垣りんさんの詩です。

悲しみ

石垣りん

私は六十五歳です
このあいだ転んで
右の手首を骨折しました
なおっても元のようにはならないと病院で言われ
腕をさすって泣きました
お父さんお母さんごめんなさい
二人とも、とっくに死んでいませんが二人にもらった身体です
今も私は子供です
おばあさんではありません

何かせつないとき、心の中に親の顔が浮かんでくれれば、いつでも子供になれる自分が居るんだと思う。「おばあさんではありません」のフレーズがとても気に入りました。

朝鮮民主主義人民共和国に拉致され、死亡した人達の親の心を思います。長い年月が徐々に癒してくれる以外、悲しみのうすれることはないでしょう。それが親というものです。一度行ってみたいと思っていた、町田市鶴川にある旧白洲正子邸の武相荘にたどりついて心のやすらぎをもらった。墨の字で〈しんぶん〉と書かれた臼の新聞受け、茅葺き屋根に赤い柿の実がやさしかった。

売店なども出来ていて、にぎわっている様であったが、あまり観光地化されたくないなあ……。無造作にそのままの家であってほしいと思う。

たそがれ清兵衛

〈母の看病と私たち姉妹や耄碌した祖母の世話をするために、父は朝から晩まで一生懸命働かなければなりませんでした。お酒のお付き合いなどは一切断って、たそがれ時になると、急いで家に帰る父のことを、心ない同僚の人たちは「たそがれ清兵衛」という渾名で呼んでいたそうです。〉

清兵衛の娘以登《いと》の回想で始まるこの映画は、東北の庄内地方の小藩、海坂藩の下級藩士が、不条理な藩命による上意打ちに命をかける悲しみと怒り、そして、労咳で妻を亡くした一家の貧しい暮らしの中の家族愛の物語だ。

山田洋次監督が初めて撮った時代劇だという、この映画をぜひ見たいと思ったのは、今年の春、私の家から三十分ぐらいで行ける北佐久郡望月町に、この映画のオープンセットが出来ていると聞いて、見に行ったことがあったからだ。撮影のまだ行われていない清兵衛の家のセットの中は、裏側は何もないような埃だらけの寒々としたものであったが、映画の画面ではちゃんとした襖や畳が敷かれ、夕餉の支度の煙が上がって放し飼いの鶏が庭をかけまわっていたり、とてもリアルに撮れていて、映画を撮るということはこういうことなんだ、とその醍醐味を味わったような気がした。主人公の真田広之が剣の腕を見せる決闘シーンは、上田市の矢出沢川の川原で行われたという。撮影の素晴らしさによってこのロケ地も、上田にこんな場所があったかしら、と思わせる美しさであった。

　藤沢周平原作のこの映画は、主人公が立身出世を望まず、生き難い世の中を何とか人間としての誇りを保ちながら生きてゆく姿を描き、そしてこまやかな家族愛、幼馴染みの朋江へのひたすらな愛を描いてゆく。真田広之の演じる主人公の迫真の殺陣の美しさ、わが身を切られるようなリアルな緊迫感に息を呑んだ。幼馴染みの朋江を演じた宮沢りえのハッとするような美しさ、地位や名声にとらわれることなく一人の男性を想い続ける一途さが、素直に出ていた。一つ一つのしぐさにもほんものの「まごころ」を見る思いがした。幕藩制時代の藩の体制というのもきびしいものがあった。今の時代の会社とサラリーマンに置き換えてもよい内容なのだ。人間らしく生きることの意味と心に染み透るような暖かな余韻をのこして映画は終わった。

戦後、私が中学生になったばかりのころ、学校ではじめて総天然色映画というものを見に映画館へ連れて行ってくれた。普段は映画なんてほとんど見ていない時代だ。『砂漠は生きている』と『赤い靴』というバレエ映画だった。その時の感動を今に忘れない。映画は斜陽産業と言われているが、大画面で観る映画館の観賞もまた楽しいものである。『たそがれ清兵衛』を上映している館の隣の館では人気の『ハリーポッター』に長い行列が出来ていた。

野分中硬き顔なり逢ひにゆく

夜の雷髪切り落すごとく落つ

十六夜の影踏みの鬼もう来ずや

雪まぶし太陽まぶし体操す

茶を点てる雪のしめりが身をつつみ

昭子

八日堂縁日

むかし
一つの山と二つの大きな川を越え
母と二人で歩いて行った正月の八日堂縁日
よそゆきの母の着物の紬の縞が青かった
橋のたもとの佐渡屋のストーブは赤々と燃えていて
かまぼこの載っているやわらかなうどんがおいしかった。

人混みに押されて本堂まで進んだ参道は雪解けのどろんこ道
隙間なく並んだ物売りの屋台、だるま市

どうしても入って見たかった見世物小屋の蜘蛛女
天井に張り付いた大蜘蛛の顔は美女
いくら目を凝らしてもそれは女の顔と蜘蛛の脚
八日堂縁日の遠い思い出は、あの恐ろしい見世物小屋のことばかり
お薬師さんの顔なんかまっ暗で何も見えなかったお堂の中
頭の上の鐘楼の鐘がゴーンと一つまた一つ
カリヨンの音もいいけれど、鐘はやっぱりゴーンと一つがいい

八日堂縁日の日だけ「鴉田楽」というものを食べさせる店があったって
あのまっ黒のカラスの肉とオカラを混ぜて作る田楽なんだと
父の話であったが、思い出の中にいつも父は居ない

あれから何年経ったことだろう

隠し場所を忘れてしまった私の宝物を探しに
今年は一人で縁日に来た六十五歳の私

屋台の出店で昔のように金太郎の福飴を一袋買い
鐘楼に登って一つ鐘を撞いた、ゴーン
鐘はやっぱり一つがいい
クリームを塗らないかさかさの母の顔が教えてくれた
言葉の数々が鐘の余韻に吸い込まれてゆく

明日あることを信じ、顔にクリームを塗って元気になろう
日本人が日本人らしかったころの人々の技を、生きる知恵を
昔からの文化を未来の子供たちに伝えるために
老人にだって出番はある

昭子

おぼろ夜の耳なし芳一影絵より
ひぐらしは夕べのお話吾子と聴く
おもちゃ箱野菊一本まじりをり
よく動く赤子に仕へ燕来る
夏帽子一人遊びに棒一本
部屋中にレールつながり夜長の子

桜

温かい御飯に
おかかと鮭の振りかけを混ぜ
小さな三角のおにぎりを結ぶ
海の香りの浅草海苔を帯のように巻くとちょっと嬉しい
つるりと剝けたゆで卵を二つ
残り物のハムとチーズ
浅漬けの蕪もビニールの袋に詰めて
お花見弁当の出来上がり
お茶はコンビニで買って行こう

依田川の堤防に今年も桜が咲いた
川面に枝垂れて桜のトンネルが続いている
遠く離れても近づいて眺めても美しい桜
柔らかく盛り上がるような優しさが
心の中に沁みてくる

桜は自分自身が年を経て枯れてゆくことを知らない
幹が捩じれて瘤が出来ても
季節が巡ってくると新しい花を咲かせる
くる年もくる年も生きているかぎり
枝をのばし葉を繁らせ花を咲かす
疲れたなんて泣きごとは言わない樹々たち
ああ、町はずれの一本桜も見にゆかなくちゃ

林檎の花

絵葉書が一枚届いた
ピンクと白の淡い水彩画のりんごの花の絵
君の気持がそのまま絵になったようだ
清楚な純白の花びらが青い空に広がっている
たぶん信州、遠くの空に雪嶺が浮かんで
りんご畑はいちめんの林檎の花

葉書の余白に書かれていた短い文章

「お元気ですか、もう一度会いたいね
日除け帽子を目深くかぶり
りんご畑で働いています
摘花の始まるまえに
りんごの花を見に来てください」

昔好きだった友達が
年老いてまだ林檎を作っているという
もう長いこと会っていない
汽車を乗り継いで
純白のりんごの花に会いに行きたい
華麗ではないけれど一途なおもいがある

一枚の絵葉書を今日もそっと出してみる
子孫を残すために生まれた川に帰ってくる鮭
そしてそこが死に場所
人も老いて鮭のように故郷をなつかしむ
初恋の人ももう故人となってしまった

メールよりも電話よりも
人の手で書いた手紙が胸に沁みる

矢ぐるまの花

牡丹色にピンクに白に
いろんな色の牡丹の花が大きく崩れて散っていった
あやめはすっきりと立ち姿のまま消えていった
梅雨入りを前にして今、コンペイ糖のように白く小さなえごの花が
音もなく散っている。私好みの香水のような香りを残して
足もとに咲いている野いばらもその無欲さに心引かれる
棘のあることなどすっかり忘れて

みな散り急いでいるかのようだ

でも花は散らないと実が出来ないんだ
花のあとのさくらんぼ、すぐり、ぐみ、ゆすらうめ
みんな痩せこけた小さな赤い実だ
スーパーでは売っていない遠い日の記憶

散歩の道すがら、あさぎいろやむらさきの矢車の花がかたまって咲いていた。草のようにぼやっと伸びたその花は、目立たないけれど目立っている。花の形が鯉幟の矢車に似ているから付いた名前だろうが、なぜか心ひかれる。私が矢車の花を意識しはじめたのは、石川啄木の歌を知ってからのような気がする。

函館の青柳町こそかなしけれ
友の恋歌
矢ぐるまの花

歌集『一握の砂』に出ているこの歌は、啄木が北海道の地、函館の青柳町に住んでいた友人宅に一家で止宿していた時代の歌で、「矢ぐるまの花」は「友」を含めた自分たち家族のわびしく楚々たる思いを示唆していると、年譜には書いてある。〈友の恋歌、矢ぐるまの花〉というフレーズが私には懐かしい思いで迫ってくるのだ。同じ年に詠まれた歌にこんな歌もある。「ふるさとの／麦のかをりを懐かしむ／女の眉にこころひかれき」

故郷を離れてさすらっていた啄木の思いが、私は自分が晩年になって一層せつなく心にしみるのである。結核に良く利く薬のなかった昔、肺病は死病であった。貧困と肺病の死を待つだけの生活の中、詩人その人はもとより、その家族、特に妻の気持はどんなものであっただろうか。のちの世に残すべく詩人の原稿を死の床でも守っていたというその妻を思う時、雑草の中から「矢ぐるまの花」が可憐に立上がってくるのである。

ある女優の死

この夏、女優の大原麗子さんが亡くなった。それも死後三日も経って発見されたという孤独な死であった。年齢は知らない。ギラン・バレー症候群という筋肉の麻痺や、歩行困難を引起こす難病を抱えていたなどということも知らなかった。が、あの大女優の大原麗子さんが、看取る人も居ない孤独な死であったことは驚きであった。

その死亡記事が載っていた朝の新聞を見ていた主人が、ひとり言のように「大原麗子が死んだんだね」「ファンだったたのに……」と言っている。芸能界のことなどほんとうに疎い人なので、大原麗子のファンだったなんてこれまで一度も聞いたことがなかった。「そう、あの人のファンだったなんて知らなかったわ」と返事をして、思ったことがある。

彼女の私生活などまるで知らないのだが、おおらかに人を包み込んでくれるような、はんなりとした美女であった。それと声の質が良かった。少し鼻にかかったような甘さが魅力であった。やや男っぽい性格がここちよく男にも女にもファンが出来ていたのだろう。

先日、主人の友人が来たので、その話をしたら「実は私もファンだったんですよ」と言うではないか。普段は真面目な男性でも、やはり好みの女優の一人や二人はいるのだな……と、ちょっとおかしかった。

女優は夢を売る仕事だ。いっとき人の心を和ませてくれる。写真でしか会えないからこそ、それは永遠の人なのである。そんな女優という仕事に生きた大原麗子は、苦しくてもやはり幸せな人だったのだと思う。惜しまれながら、苦しむ姿を誰にも見せることなくこの世から消えてしまった。それがまた伝説のように、語り継がれてゆくのだろう。一日中本を読んでいても飽きない読書家であったとか、孤独でしかも甘えん坊だったとかの尾ひれが付いて……。

先日、エッセイストであり、画家、そして最近では「ヴィイラデスト　ガーデンファーム　アンド　ワイナリー」という農園とワイナリー、レストランを開設して活躍している玉村豊男氏のレストランへ行ってみた。上田市の隣町、東御市はもともと巨峰葡萄の産地であるが、その山中の南面に広がる広大な敷地に葡萄畑が広がり、季節の野菜が収穫されている。ワイナリーもある。冬季は休業になるそのレストランは、県外ナンバーの車で埋まり一時間待ちの時もあるそうだ。交通の便が良くなっている現在、人は新しいものに会いたくて、また、多くの情報に左右されて時に行動を起こす。年齢は知らない間にどんどんと積み重なってゆく。いつまでも若く居たければ、「一日に十回感動することです」と誰かの言葉があったが、平凡な生活の中で感動することなんて、なかなか出来ることではない。それでも庭に彼岸花が咲いたよ、今日の夕焼けはきれいだった、ぐらいのことは言える。感動とまではいかないけれど頭の中にインプットされる。それでいいのだろう。玉村豊男氏のレストランに集まる人たちも、僅かな感動を求めてのことだろう。夕方の散歩で摘んだ吾亦紅の花も手折ると栗の花のような生臭い匂いがすることを今日発見した。
明日は老人の日だという。携帯も持っていない私に、郷愁の中からの電話は鳴るだろうか。

秋の仏あまた見て顔忘れたり　　昭子
行く秋や山葵をおろす音細か
天高く仏顔に皺なけりけり

林檎村から

覚えているかい故郷の空を
便りも途絶えて幾とせ過ぎた
都へ積み出す真っ赤な林檎
見るたびつらいよ
おいらのな、おいらの胸が

うろ覚えの歌詞だが、昔、義母が元気だったころ、義母は三橋美智也という歌手が歌ったこの歌が好きだった。私が結婚した当初から義母は脳内出血の後遺症で、右半身が不自由であった。そのためあまり遠出は出来なかったが、よくラジオやテレビで歌の番組を楽しみにしていた。店頭に真赤な林檎が並ぶころになると、よく義母のことを思い出す。

日本が高度成長期に入ったころのことだと思う。地方の若者は金の卵と言われ、皆夜汽車に乗って都をめざしたのであった。終着駅は上野駅だ。

ふるさとの訛なつかし／停車場の人ごみの中に／そを聴きにゆく　啄木

石川啄木の歌碑もあるあの上野駅も新幹線が東京駅まで乗り入れてしまったので、寂しい駅になってしまったが。

三橋美智也という歌手を私も好きであった。張りのある高音や哀愁を帯びた旋律が好きだった。はるかに岩木山を望む津軽平野の林檎畑、赤々と実ったその一つ一つを木の林檎箱に詰めて送り出す。今はダンボールの軽包装になってしまったが、この歌の中には木の箱が生きているのだ。

都会へ出て行って成功した者、挫折した者、故郷の村に残った者、皆それぞれに思い出す林檎の実る故郷だ。今年は台風の影響は無かったのだろうか心配している。

信州も林檎の産地だ。上田市のものは被害もなく甘く大きく実ったようである。自分の身ほとりに林檎が実っている自然があることはほんとうに有り難いことだ。近くの選果場にゆくとはぶきの林檎が安く買える。保存のきく「ふじ」林檎が出回るまではぶきの林檎を買って食べている。旬のものを大切にという意味も込めて……。

秋深くなりゆくものに日のあたる　　渚男

正倉院展

永い眠りから覚めたような気持で
奈良国立博物館の正倉院展の列に並んだ
季は秋
紅葉の始まった奈良公園を散策している鹿の群れも久し振り
奈良、と聞いただけでなぜか心が穏やかになってくる
それは日本人の故郷のようなものだからか
観光客や修学旅行のざわめきの中にも
遠い遠いいにしえの微かな風の音が聞こえてくるのだ

土の中から掘り出された品々ではなく
奈良の都に現存した天皇遺愛の生活の品々を
東大寺に献納されたことに始まるという
まさに汚れなき光明皇后の愛の結晶の詰っている正倉院

日本海をはさんで古代も現在も人々の往来はあった
そして数々の品物の往来もあった
船の沈没や戦もあったことだろう
それでもこの宝物は残った

螺鈿細工のみごとな琵琶、花盤などの工芸品
いつまでも眺めていたいほどの図柄と色彩の優しさが伝わってくる
燭台のほの暗い灯に照らされて

こんな道具を使っていた殿上人の生活が浮かんでくるようだ
そしてまた、こんな至難の芸術作品を生み出した
名もなき職人たちの生きざまを思うのだった

戦乱をまぬがれた幾星霜があった
この世界に誇れる文化遺産を守り続けて来たのは人間の力だ
年々の秋、奈良公園に鹿の鳴声が聞こえるかぎり
人々はこの宝物を守る努力を惜しまないであろう
正倉院の扉が「ぎい」と閉まる音が聞こえる

待つ

わが家は特に仏教を信じているわけではないのだが、菩提寺は先祖から曹洞宗の寺の檀家になっている。昨年は寺の大修理が行われて、檀家は一軒あたり三十万円の寄付をとられた。暮れには寺の維持費として毎年八千円の徴収がある。一年に一回も訪れることのない寺であるが、小さな町のことゆえ慣例に従っている。和尚は悪い人ではないようであるが、寺へ遊びに行くということもなく疎遠になっている。正月は新年の挨拶ということで一年に一回檀家を廻ってくるのである。「御祈禱賽」の紙片と標語のような色紙を持ってきて下さる。それに対してまたいくばくかのお返しを包まなければならない。

今年の色紙の言葉はこんなものであった。

あたたかなことば　ていねいなことば
こころのこもったことば　やさしいことば
むだのないことば

「お寺の桜もいいですよ」「夏は座敷が涼しいからまた句会にでも使って下さい」にこやかに会話して帰っていった。青々と剃った坊主頭に柔らかそうな毛糸の帽子をかぶり去って行く後ろ姿がなぜかおかしかった。次の子供たちの時代はまた寺との付合いも変わってゆくことであろう。「お経」もテープで流す時代なのだから……。

日本人ほど宗教にこだわらない民族も少ないのではないだろうか。初詣は近くの八幡様、初薬師には寺へと、神様でも仏様でも何でも良いのだ。賽銭をあげて祈ればそれが叶うとは思っていないが、祈ることで気持が落着くようなものが心の中にある。

正月の信濃国分寺の八日堂縁日は、近郷近在の人達が集ってすごい賑わいであった。寺の参道沿いには露天商が並び、達磨や熊手を売る威勢のよい声と、烏賊や焼そばを焼く美味しい匂いが流れていて、老いの身にも少しは心の弾むひとときであった。列に並んで撞いた梵鐘の一打の響きは、「ゆっくりとした時間を生きなさい」と教えてくれた。

群馬県の高崎から来ているという達磨売りから商売上手に「安くするよ」、なんて言われて小振りの達磨を一つ買った。

神棚のないわが家では、買ってきた達磨を飾る所がみつからない。しばらくは床の間に置いておくことにしよう。合格や入学の嬉しい知らせが入ったら片目を入れてあげよう。

庶民にとっては神も仏も娯楽としての年中行事なのである。

どんどん焼きも終った。後継者不足と言われながらも正月の行事も年々行われている。

炬燵に当たり根雪の残っている庭を眺めていると、この山国に一人取り残されたような老いの寂しさがふっと湧いてくるようだ。大寒が過ぎればもう立春だ。「春を待つ」という気持、それは期待と不安が入りまじったこの季節ならではのものである。「待つ」に思いをこめて背筋をぴんと伸ばそうと思う。

雪月花

四十一年ぶりという四月の大雪に今朝は驚いた。庭に咲いている椿、パンジー、菫もみな雪を被っている。芽吹いたばかりの木々たちもさぞ冷たかったことだろう。植物にだって寒さや暑さがわかる心のようなものがあるに違いない、と私は思っている。

上田城跡公園の桜も今が満開の季節だ。櫓門を囲む千本の桜に、たっぷりと積もった雪の眺めもまた今生では逢えない風情であろう。風情の極みの「雪月花」の月は鎌のような細い三日月であった。十五センチも積った春の大雪も、日差しが来ると解けるのは早い。

午後にはすっかり解けて青空が広がり、「上田真田まつり」の武者行列が城門を出発していったという。真田幸村から十四代目にあたるという東京在住の真田徹氏や、俳優の某氏など総勢三百人にも達する行列であったという。

私はこの記事を新聞の地方版で読んだだけだったが、日本人はやっぱり力のあった強い武将や祭りが好きなんだなあと思ったことである。

武者行列の記事の隣には、もう棚田の畦づくりの写真が載っている。棚田は昔から畦づくりが大変と聞いている。全国のあちらこちらにある棚田の風景は日本の原風景だと思う。機械文明のみの発達で、棚田の続くような癒しの景色が消えてしまったら、さみしいなあと思う。この景観を守るために汗を流しているボランティアで畦を塗っている人達のいることも知った。秋の収穫まで手入れをするとのことであった。

私の子供の頃は、村のお宮の春祭りが終ると「苗代作り」が始まった。苗代にまく籾種を袋に入れたまま水に浸しておくことの意味の「種浸し」の季語ももう、あまり使われなくなってしまった現在である。

新聞の次のページを捲ったら、「天声人語」にこんなことが書かれていた。「与謝野る」という新語が若い世代に流行しているという。寝癖などで髪が乱れているのを指す言葉だそうだ。知らなかったし驚いた。与謝野晶子の歌集『みだれ髪』に由来するとか、墓の中の晶子が聞いたら何と思うだろうか。こんな新語を思いつく若者は、『みだれ髪』の歌集を読んだことがあるのだろうか。それでも、……ピー、だの……プーだの英語まじりの言葉よりも許せるのではないか、と時代遅れになってしまった自分を嘆いている。

季節の流れは寒さ、暑さ、照り、降り、に関係なく進んでゆく。五月の子供の日も近くなったなあと思い、昨日は五月人形を飾った。一年に一度見る金ぴかの大将は、格好がよく目に眩しい。孫の赤ちゃんの時の写真も付いていて、今年六歳になったその成長の速さに驚かされる。孫はこの武者人形に自分で「ごんの介」という名前を付けていて、一年生になったばかりの新しいランドセルを背負ってから、「ごんの介」の前で「行って来ます」と頭を下げて出かけて行くのである。

学校は声あはせ読むさくらかな　渚男

立夏

桜の花びらはみな土に還ってしまった
五月五日は子供の日、そして立夏
そう、もう立夏なんだ
やけに暑かった子供の日
小さな鳥居の村の大日堂のお祭りがあった
急ごしらえの土俵の上の子供相撲
力いっぱいの突き出しに大きな拍手
押出されて負けた子供の悔し涙が
ちいさな心の中に思い出として残ったことだろう

たらの芽、こごみ、うどの葉の天麩羅を
食卓のまん中に山盛りに揚げる
逝ってしまう春のみどりに感謝の気持を込めて
跳ねた油の粒が頬にとんで痛かったけれど
美味しそうに食べている家族の顔がうれしくて
この笑顔も心の壁に掛けておこう、白いレースの額縁を付けて

昨日見たうぶ毛のような芽吹きの山が
今日はもう、やさしい黄緑色に盛り上がっている
胎児を包み膨らんでいるような
その芽吹きの柔らかさに和む
けれどその芽はコンクリートを持上げるような力も持っている

生きるために

梅雨空がやってくる前に
冬布団のカバーを洗濯して終わなければ
ああ、それから、それから……
水芭蕉の清潔な白い花を見た日から
夏の思い出が始まる

燕たちよ、子育ての相手はもう見つかったかい?
幸運を祈るよ
夕焼けが消えた窓々に灯がともるころ
人の世の淋しさが音もなく訪れる

ふりかへる月日はあまし枇杷熟るる
綿虫がふわふわ闇を誘ひくる
白鳥に黒豆ほどの目のありし
捨てる葉のみづみづしさよ大根干す
ストーヴ点け駆込寺のごとく待つ
こころよりこだま返りぬ鬼やらひ

昭子

大自然の恐怖

平成二十三年三月十一日、日本列島は未曾有の大地震と巨大津波に襲われた。三陸地方を中心とした東日本、東京電力の地震による原発事故が重なり、人々を恐怖のどん底に突き落とした。連日のテレビ画面はその悲惨な情景を流し続けた。平凡な日常の暮らしが、大自然の大きなエネルギーのまえに一瞬にして崩れ去ってしまう恐ろしさを画面を見ながら体感した。それにしても、蛇口を捻れば水が出る、スイッチを押すと電気が付く、今まで当り前と思っていたことが、凄く幸せなことであったのだと、あらためて気がつくのであった。そして太平洋プレートの上に載っているこの国のあやうさも、地上では見えていないだけ不気味に思われてくる。

子供の頃、小学校の国語の教科書に載っていたような気がする文章を思い出した。

「稲叢の火」という題だったと記憶している。海の近くの村の高台に住んでいた一人の老人が、はるかな沖に一線の白波が村に向かって走り来るのを見つけた。「津波が来る」彼は村人を助けるために、刈り取ったばかりの稲を積み重ねたその稲叢に火を付けた。燃え盛る稲叢の火に驚いて、村人が高台に駈け登って来た。そしてその村は津波から逃れられた、という話であったと思う。この度の津波の災害はそんな小さな話では語れない、恐ろしいものであった。「国破れて山河あり、城春にして草木深し……」杜甫の詩ではないけれど、自分の生まれ育ち暮らしてきた家、山河が無になってしまった悲しみは、時が経っても消えることはないだろう。

けれど、つい五、六十年前の子供のころは、電気はあったが、家電製品などはなかった。水道もなかった。井戸から水を汲み、薪でご飯を炊き、冬の暖房は炬燵だけだった。それも、灰を入れ薪を燃やしたのこり火を炬燵に移したものだった。堅炭は灰の中に埋めて長持ちさせるものであった。寝る時も電気毛布などもちろんなく、父も母も姉もみな一緒に炬燵に足を入れて眠った。でも、それが不幸であるとは決して思っていなかった。一つの炬燵を囲んでの団欒は、楽しい思い出となって残っている。驚異的な科学の発達で、われわれは今の文化生活を享受してきた。放射能汚染というお負けまでつけて……。

大災害による死者は二万人とも報道されている。肉親を探す光景、ボランティアの人の懸命なる仕事も涙が流れる光景である。復興に立上がる人々の力は心強い。

外国の記者たちは、「この大災害に暴動もなく、略奪もなく、避難所にはきちんと行列が出来る。東北の被災者たちの我慢強さに心が震えるような感動を覚える」と書いている。日本というこの小さな島国の一人一人が優しい心で復興出来ることを信じている。それは流言飛語に惑わされず、日常をしっかりと生きることだと思う。生きていさえいればやがて桜の花も咲くことだろう、林檎の花も白く咲いてくれることだろう。

自然の景色は美しい、けれど恐ろしい破壊力もある。皆が今年の花見が楽しめることを願うばかりである。

夏が来る

暗い梅雨空の下、毎日のテレビニュースを見ていても、大震災津波の後始末のこと、放射能汚染の処理が思うように進まない、不安がつのるニュースばかりだ。そしてこんな時だからといって一般の人達にも、お金を使って楽しむことへの（自粛）ムードが流れている。節約、節約とばかり言っていると人間は大きなことが考えられなくなってしまう。

第一次世界大戦が始まってまもなく、イギリスの時の海相、チャーチルがロンドンで行った演説の言葉がある。「世界を二分するような未曾有の大戦に突入したからといって、一喜一憂したり、まなじりを決して難局に立ち向かうのではなく、『いつもの通りに仕事をすることだ』」と言ったという。

泰然自若としたリーダーが国のトップに居るということは、国民の安心感につながる。これは文芸春秋六月号に載っていた廣淵升彦氏の文章であるが、日本の現状につながることではないかと思うのであった。人間には衣食住のほかに楽しみや希望のようなものがなければ落ち込むばかりだ。日本中に「普通」の暮しが戻ることを願うばかり。

先日、小学校二年生になった孫の学校で音楽会があった。「おばあちゃんも見にきてね」と言われて出掛けて行った。

「おんがくに希望をのせて」と題しての合唱や合奏のプログラムは、実にさわやかで子供たちの澄んだ歌声が心に響いた。また、金管バンドやピアニカ、アコーデオン、エレクトーン、木琴などさまざまな楽器をみごとに奏でる素晴らしさに元気をもらった。孫たち二学年の出番は、こころをひとつにと題して「あの山の上で」の斉唱と合奏であった。百人からの人数の歌声は体育館いっぱいに大きく響き、音楽っていいものだなあと思った。それにしても今の学校では、いろいろな楽器がそろっていて、クラス全員が演奏出来るなんて素晴らしいことだ。私の子供のころ、家に足踏みの小さなオルガンがあった。手探りで「月の沙漠」とか「浜千鳥」などを弾いて遊んでいた。ピアノを習いたかった。でも、戦争中から戦後にかけての時代、家にはそんなことの出来る余裕はなかったし、教えてくれる人も居なかった。老後になって残念に思うことは、ピアノが弾けたらなあ……。

音楽会のエンディングは、全校で歌う「明日に向かって」であった。作詞・作曲、高田蓮子さん。

ああ　広い空見上げていると
君と歌ったあの歌がよみがえる
ああ　小さな花を見つめていると
君と歌ったあの歌が聞こえてくるよ

もう一度歌おうよ
苦しいこと忘れるさ
もう一度歌おうよ
悲しいこと忘れるさ
ララ友達　明日に向かって
ララ友達　生きていこうよ

老人はどんなに放射能浴びたっていい。未来のある子供たちを守ってあげなければと切に思う。夏が来る。日本中の子供たちが安心してプールや海で泳げる日が来ることを願っている。ああ……。

秋の風

芭蕉は奥の細道の旅で金沢から小松へ行く途中
太陽はなお容赦なく照りつけているが
吹いてくるのは涼しい秋の風だ……と詠った

力のかぎり燃えていたあの夏の日にも果てがあった
ここちよくて少し寂しい秋の風です
今年は燕をあまり見掛けなかったけれど
彼らにも旅立ちの時が来ています
蟬もなんだか変だったね

梅雨の頃からかなかなが鳴きだしたり
みんみんも油蟬もうるさいほど鳴いてはくれなかった

庭のいちいの樹に巣を造っていた雉鳩の夫婦
挨拶もなしにある日突然消えてしまった
残された巣から枯枝が重なっているのが見えます
何にだって終りがあるんだね

放射能、目に見えない恐ろしいものが日本中に広がる
それでも人間はどっこい生きて行くのでありましょう
おちこちにむくげの花が夏の残像のように咲いています
みな強く生きています

台風の過ぎ去った川の色はまだ濁っていますが
空は真っ青な秋の空でした
ぜんぜん雲がない青空は少し寂しいです
人はいつか来るその時を知りません
それだからいいんです、明るく笑いましょう
夕方、町を見下ろす川ぞいの道を歩くのが好きです
こんなにもちっぽけな故郷
でもどこまでも続いている夕焼けの空があります

冬の星座

夜更けに眼が覚めてカーテンをちょっと開けてみた
真っ暗に澄んだ冷たい冬の空に星々が明るい
遠く近く満天を埋めている星々
何億万という星たちは皆地球のように丸いものなのに
角のある星形は誰が考えたのだろうか
凍てついた夜空にまるで張付いているような星たち
それでも星は動いている

昔々の人達が星と星を線で結び星座を造りあげた

ロマン溢れるその星たちの物語は誰がつくったのだろう
冬には冬の星座の物語が見える
すてきな恋、悲しい恋の話
私の心は星々の中をかけめぐる

歳を取り過ぎて疲れてしまった体に
一粒の金平糖が甘い
金平糖の角は星のかけらのように舌にまとわりつく
星はやっぱり角のある形の星形がいいなあ
小さな夢が体の中に熱い血を流し力が湧いてくる

父の死んだ齢はもう超えた
母の逝ったのは八十三歳だった、まだちょっと間がある

北斗七星と北極星しか知らなかった母と
星空を眺めた記憶はないけれど
思い出の中には夕方の金星が一つ光っている

山の上から小石を一つ蹴ってみる
老いの坂道は加速度をつけて転げてゆく
ああ、どうか止まってくれ
下萌のはじまっている小道のあたりで
下萌はやがて新草となり花を咲かす
老人は下萌のあたりで少し休んでゆこう
新しい芽が出る春がくることを信じて

燕子花

田植の始まる前の田に水を入れて、水を温め植える準備をする。そこを流れる小川と田の畦の湿地に燕子花《かきつばた》が咲いている。いつも通る村の脇道に一列に並んで咲いている。むらさきがかった群青色のつややかな花びらがつんと澄まして伸びている。みどりの葉の配列も美しく、五月の空の色にぴったりと輝いている。お寺の池のまわりにも咲いていたのを思い出した。いつもこの季節、あやめ、花菖蒲、燕子花と、似ている花なので間違えてしまうのだが、燕子花は丈がやや短いと覚えている。桃色や白い花ばかり眺めてきた五月の花の中で群青色は新鮮だ。

唐衣着つつなれにしつましあればはるばる来ぬる旅をしぞ思ふ

（古今集巻九）

在原業平が三河国八橋で、川のほとりに咲く燕子花を見て「かきつばた」の五文字を句の頭に据えて旅の心を詠んだ歌という。

色好みの男の恋物語として平安時代から読まれてきた『伊勢物語』、それから七百年後、その「八橋」を大胆に尾形光琳が描いた六曲一双の『燕子花図屏風』が、東京の根津美術館で公開されているというので見にいった。毎年、燕子花の咲くこの季節に公開されるのだという。今年は、アメリカのメトロポリタン美術館所蔵の「八橋図屏風」も、併せて公開している。光琳が同じテーマを十年近い時をおいて描いた作品という。

六曲一双の「燕子花図」は、金箔地に効果的に配された燕子花の一群。葉の緑青と花の群青だけの単純さであるが、その一株、一株のデザイン化された美に圧倒された。その一株がなくなっても、全体が壊れてしまいそうな緊張感がせまってくる。厚塗りのぼってりとした花の重みも葉と一体になっている。本で見て知っている絵なので、懐かしいような気さえした。

メトロポリタン美術館のものは、「八橋」の名の通りに中央に橋が架かった状態で描かれている。私は橋の描かれていない単純な作品のほうが好きだ。

今年の春は、MOA美術館にある「紅白梅図」も見ることが出来た。尾形光琳という画家の単なる写生ではない構成された絵画の美しさが新鮮に感じられた。

子供のころ、生家の井戸端にアヤメの一群れがあった。井戸水で顔を洗い歯を磨き、炊事の用意もしていた。そんな日常の中でアヤメは褒められもせず、無心に咲いていたのだった。いつ咲き終ったのかも知らない。そんな花だった。

花のいのち

山国に住んで七十余年、今年の冬はほんとうに寒かった。春という季節になりきるまでに味わった三寒四温の暖かさは、山国に育った者だけが知るうれしさだと思った。

分厚い氷の上に雪が一メートルも載っている庭の小さな池、雪が解けたら赤い金魚が生きていた。ゆっくり動き出した時は感動してしまった。下萌えはまだだけれど春が来たんだ。東京では三月の終りに桜が咲くという。信州はまだ梅も咲かない。四月の二十日頃、梅も桜も何もかも一度に咲きだすことだろう。それからが忙しい。あの木もこの木も見てやらないともったいない気がするからだ。

吉野山の桜は役の行者が吉野で蔵王権現を感得し、御本尊を刻んだことから御神木となり、以来献木という形でこの山に植え続けられている。山桜が現在は三万本に及ぶという。一度見たいと思いつつ未だに果たせない。先日、痛む膝を引きずって歩いていて、ちょっとした道の段差につまづいて転び、痛む足の膝をさらに打ってしまった。ああ、もう吉野どころではない。今年の桜は近くのもので我慢しなくては駄目だろう。せめてと思い桜の名所がカラー写真で載っている雑誌を買ってきた。名店の花見弁当の数々も写真でのっている。見ているだけで楽しい。瓢亭花見弁当は一万五千円もする。どこかの温泉で一泊できそうな値段である。眺めているだけでまあいいか……。

毎朝楽しみに見ている連続テレビドラマ「ごちそうさん」が終った。戦争への突入から敗戦にかけてのあの時代を、共に生きた私にとっても長兄の戦死など、苦い思い出がいっぱいある。改めて戦争のない、平和のありがたさを思ったことだった。それにしても、あの食料のなかった時代でも工夫次第で美味しく食べることができたなんて、主人公のめ以子さんは偉かったね。おいしそうな料理を「ごちそうさん」。四月からは「花子とアン」の放送が始まるという。『赤毛のアン』の翻訳をした村岡花子の物語である。児童文学を中心とした多数の翻訳からエッセイや評論まで、女性にエールを送りつづけた人だという。

『赤毛のアン』や『フランダースの犬』はテレビのアニメで子供たちの小さかったころに一緒に見た。アンの勇気ある行動や『フランダースの犬』の少年とお爺さんと犬の心通う優しさ、一生懸命に生きることの美しさを、涙ながらに見た思い出がある。これは翻訳者の村岡花子氏の文章が、独自の小説といってもよいほどの物語に深めていたからこそのこと。

彼女は『放浪記』で知られている林芙美子との交遊もあったという。エッセイの中で芙美子からの手紙を紹介している。

風も吹くなり、雨も降るなり

生きているしあわせは　波間のかもめの如く　びょうびょうとただよい
生きているしあわせは　あなたも知っている　私も知っている
花のいのちは短くて　苦しきことのみ多かれど
風も吹くなり　雲も光るなり

花のいのちは短くて……の有名な詩の前後にこんな文があるなんて知らなかった。村岡花子氏に送った手紙に書いてあったんだね。

梅が咲いて

去年の夏の暑さで、大事にしていた庭木の利休梅が枯れてしまった。その跡がぽんやりと開いているので、何か植えようと冬の間ずっと考えていた。主人があそこにはやっぱり紅梅がいいなあと言う。庭師をしている知人に話すと、ちょうどいいのがあるからと植えてくれた。もう蕾が少し膨らみ始めていて今年咲くという。居間の炬燵から正面に眺められる。先日から急に暖かな日が続いて二、三輪開きはじめた。朝起きてカーテンを開くのが楽しみになってきた。ピンクより少し濃いめの紅の色、色ものの無いこの季節に庭がちょっと華やぐ。梅の花もいいもんだなあと、心和むひとときを貰っている。

信州では、桜はもう少し時間がかかる。先に楽しみが待っていることは、日常の暮しに生きがいが感じられるような気がする。

車で十分ばかりの所に町の八景の一つになっている場所がある。浅間山が長く裾を引いている姿が美しく眺められ、音楽堂やレストランなどが建てられている公園である。いまは一面に水仙の花盛り。その小高い場所にかつて「日本のロケット開発の父」と呼ばれた糸川英夫博士が晩年を過ごされた別荘が建っている。博士が亡くなられて、その家はしばらく無人であったという。外から眺めただけでも広大な邸宅である。

先日、町のテレビで、糸川博士の邸宅が喫茶店として生まれ変わったということを知った。この建物を保存していかなければ、という熱い思いの有志が集まって始まったということだった。あの建物の中が見られるという好奇心もあって、さっそく出掛けて行く。「じねんや糸川」と看板が掛かっていた。玄関を入るとまず大きな原木そのままの太い梁が目につく。そして三階まで吹抜けの黒光りした柱の構えが迎えてくれた。越後にあった古い民家を移築したものだという。受付の方が、この家の建物がご馳走ですから、ゆっくり御覧になって下さい、とおっしゃる。一階の居間に使われていたであろう部屋に大人が十五人は入れるという大きな炬燵があり、部屋の隅には囲炉裏が切ってあり、赤々と炭が燃え鉄瓶が煮えていた。私たちはこの炬燵に当たってコーヒーを頂いた。

丸子町などという山国に、博士はなぜこんなに大きな木造の昔ながらの日本建築の別荘をたてたのだろう。大勢の友達を呼びたかったのだろう。最先端の技術のあれこれを研究されていた頭脳を、少し休めたかったのだろうとも思う。東に浅間山、南に蓼科山を望み、はるかな宇宙のその先のことを考えていたのかも知れない。コンクリートの家ではなく、木造の家の空間が博士の安らぎの場であったと思うと、その人柄がわかるような気がする。晩年の博士の身の回りの世話をし、病院へ入院された時もずっと付添い、最後を見取った人は、町の老人ホームへ入られたと聞いた。

新聞より

朝日新聞七月十六日に載っていた「ひとときし」欄の記事に同感して切抜いておいた。八十一歳になる主婦高原さんの投稿である。

「我が家は夫八十六歳、妻八十一歳の超高齢者です。先日、新しい車に買いかえました。二人とも五十年余りの運転歴があり、その年齢では免許を返納するべきかと悩んだが、住いは坂道の高台、老いによる膝や腰の痛みや、様々な病も抱えている……、通院や買物など愛車に頼らざるを得ない日々、今後の生活設計を考えた時、体の衰えを把握しながら自立したまま最期を迎えたいと、慎重に操作しながら最後の愛車に挑戦している……」と。この勇気、頑張りに私も元気が湧いてきた。

若い頃から私は車の運転が出来なかった。今ごろになって運転が出来たらよかったなあとつくづく思う。主人の車に乗せて貰い、スーパーも病院通いも助かっている。主人のいない時は押し車に頼って近くへ買物にゆくしかない。主人が車の運転が出来なくなったら、と思うと心細くなる。「ひととき」に投稿なさった方は、八十一歳で新車を買って我が愛車、と言っている。この元気があれば彼女は大丈夫だ、自立したまま最期をむかえられるだろう。ありがとう、元気をいただきました。主人の愛車も近ごろは、こすったり、ぶつけたりの小さな傷があちこちに付いている。この間は孫を迎えにいって校庭の鉄棒の柱にぶつかってしまい、バンパーに穴があいてしまった。がそのまま乗っている。「車は動けばいいんだ」が口癖で、洗車もあまりしない。この車が最後の車となるか、もう一台、新しい車に乗ってみたいような気持が、主人にも私にもある、と思ってこの新聞記事を読んだ。

同じ日の読者の「声」欄は、語りつぐ戦争、と副題が付いていた。八月という月は、沖縄忌、広島、長崎の原爆忌、そして八月十五日の敗戦忌と続く。ともすれば、目先のことに心をうばわれて過去を忘れがちになるのが人間の愚かさでもあるが、あの悲惨な戦争を二度と繰り返さないためにも、戦争を身をもって体験された人達が語り継いでいかなければと思ってこの記事を読んだ。

特攻隊のこと、人間魚雷「回天」のこと、などなど、心が痛くなるような投稿ばかりであった。体験者はもう八十歳を越した方ばかりだ。八十一歳の主婦の方のものは「特攻機から高女に別れの合図」というものだった。都立の女学校で彼女たちは、特攻機の部品を作っていたと。ある日、青年が訪ねてきて言ったという。「死地へ飛立つとき、学校の上で翼を上下する」と、高女たちはその日、大声を出して手を振りました、なにを言い、なにを叫んだかさだかではありません。みんな泣いていました。哭いていたと思います。

それきり帰ってこなかった。皆、優秀な青年であったと……。

中秋

雨上りの庭に眼をやると古い柘榴の樹の下に、赤い曼珠沙華が咲いている。にょっきりと何も恐れないような力強さで伸びている茎。その細いそれでいてとても艶っぽい緑色のその先に赤い花を一つ載せている。葉のないことがかえって清々しい。

隣に咲いている水引草もまた秋草のやさしさで咲いている。小さな花粒の一つ一つの間の取りかたがすばらしい。誰が教えたのでもなく、朝日に光りながら咲いている。

今日は二十五日締切りの「梟」の原稿を印刷所に送り、一息ついた。夜、夫が飲みにゆこうかというので、近所の寿司屋へ出掛けた。自分の体調不良もあり、この頃食事を作るのが面倒で出来れば作りたくない。外へ出かけて食事をするのは、ほんとうに嬉しい。「万楽」というこの寿司屋は、田舎町には勿体ないような腕の良い主人がいて美味しい。

常連が遠くから足を運んでくるらしい。

最近話題になっている、アニメーションの監督宮崎駿氏の話になったとき、あの『風立ちぬ』の小説の作家堀辰雄の未亡人堀多恵子さんも生前、軽井沢の追分にある別荘から車で、よくここのお寿司を食べにこられたという。白髪の品のよい婦人で、美味しいものをよく食べられたそうだ。三年前に九十歳で亡くなられた。今年は宮崎監督の『風立ちぬ』の映画のせいで主の居なくなった追分の「堀辰雄文学記念館」に大勢の人が立寄っていると聞く。

人は何を考えて行動しているのだろうか、聞いてみたいという思いもある。

小さなグラス一杯の生ビールで酔ってしまうけれど、美味しいものを食べると、いっとき疲れが飛んでゆく。ああ、歯も直さなければと思いながら……。

翌日、月曜日は四年生になる孫の遠足があった。社会見学ということで長野市へバスで出かけて行った。善光寺、長野放送局、県庁などを廻ったとのこと。何が一番面白かった?、と聞くと「おみやげ」を買った時だという。

一人五百円の小遣いが使えたのだ。善光寺の境内や門前にはいろいろな土産物店が並んでいる。彼は直径が十五センチぐらいもある丸い醬油煎餅（煎餅の表面に善光寺と文字が入っていた）と、鈴、小さな置物、煎餅は三百円したけど、おばさんが百円にまけてくれたという。友達とあれやこれやと真剣に品物を選び、買った物だろう。

今日は「老人の日」。家族が集まり孫の土産の大きな煎餅を割ってお茶を飲んだのであった。堅いと思って齧った煎餅は口の中でやわらかく崩れ広がった。心に熱いものが溢れてくるようであった。

冬始まる

裏山の紅葉も焦茶いろに替わり始めぱらぱらと散ってゆく。今朝は屋根に霜が降りていた。信州は寒い。いよいよ本番となる寒さにそなえて、厚い下着や手袋など冬物をそろえるところから冬が始まる。少し歩いて体を動かすこともやらないといけないなと思いつつ短くなった日暮れが寂しいこのごろである。

先日、ある会があって久し振りに上京した。大学の駒場寮時代夫は「ソビエト研究会」という部に所属していた。「ソ研」と呼んでいたそのＯＢ会が、夫婦同伴で時々行われていた。今回は私どもが幹事ということで、丸ビル三十四階にあるレストランで開かれたのである。青い屋根の皇居の全景が見下ろせる凄い場所であった。この場所を選んだのは、脚が悪くて歩けない人、車椅子の人、携帯酸素を吸っている人、など歩き回るのが困難になっている人たちに便利にと、東京駅の真ん前に会場を設定したのだった。皆体になんらかの不都合を感じる年齢になってきたのだ。九州の福岡から、仙台から、那須塩原からと二十人ばかりの方々が集まってくださった。

思い出はときどき取出してみるもの、そして語ってみるもの、また新しい色が加わるものだと思ったことであった。自分たちがもう八十に手の届く年齢になり、苦しいこともいっぱいあったあの青春時代を共に語ることが、自分自身の存在を確かめることなのだと。現役時代の華々しかった名前は消えて、お互いに年金生活者となっている。

彼等の学生時代は共に貧しかったが未来があった。「ソビエト研究会」なんて何を議論していたのだろうか知らないが、ソ連がロシアに変ってしまったことも時代の流れの中のひとこまなのかも知れない。

その頃、街には「歌声喫茶」が流行していて、ロシア民謡など大勢で歌ったことが思い出される。ＯＢ会でもアカペラで皆が歌った。歌は気持を一つにしてくれる。楽しかった。元気な体のままこの次にお目にかかれるだろうか、コーヒーを飲み干しそれぞれに別れた。

コーヒーで思い出したことがある。二〇一三年度の日本一位、世界二位となったサイフォニスト（バリスタ）が居るコーヒー店が小諸市にあることを知ったのだ。眼前に雄大な浅間山を望むロケーションを前にしてその店はあった。コーヒー豆の買付けにガテマラ、ボリビア、エチオピア、コスタリカ、と世界中を飛び回っているという。やはり豆が大切、そして粉と湯の絶妙なバランスがあるのだろう。一人ずつのサイホンに淹れられたコーヒーは、苦みが残らない静かな甘みが口の中に広がるようであった。

それは秋を惜しむにふさわしい味であると自分に言い聞かせたのだった。

ほのぼのと山の寝化粧檀の実　渚男

大寒

一月二十日、大寒
よく晴れた放射冷却のせいだろう
朝の気温零下七度、日中の温度が一度
信州は寒いところ、寒さはこれからだ
ユニクロのセーターに綿入れ半纏を着込み
それでも元気に生きている私
全国の日の出の時間
札幌7時1分、東京6時49分、大阪7時4分、福岡7時22分、那覇7時18分、

南北に長く連なる日本列島
暑いにつけ寒いにつけ住み慣れたふるさとが一番
庭に飛んでくる雀も鴨もみんな素足
傷つけば赤い血を流すのに、寒さを嘆かない小鳥たち

寒雷の予報も出ていた雪もよいの日
まるで遊んでいるかのような雪の粒が
ふわっと地に吸いつけられて消える

悲しみが消えてゆくように
今夜は一粒一粒の雪が重なり積もる雪になるだろう
青空のその上が真っ暗なことも忘れて
人は朝日の眩しさに生きる

初句会に出された句

人が人を殺さぬ世こそ初明り　　　渚男
戦争がまはりに潜み初詣　　　俊夫

米軍沖縄基地反対の名護市市長選挙
勝利した市長を写すテレビ画面に
「名護市さくら祭り」のポスター
大寒にもう咲いている沖縄の緋寒桜だ
いくらストーブを焚いても、あの桜のやさしさには勝てない
風は身軽だ、沖縄の美しい海の上から
こごえている山国に暖かい風を運んでおくれ
雪の積っているあの峠を
今日から春待ち峠とよぼう

春の水

大雪ですが漏りのあった屋根、樋の傷みを
屋根屋さんが直している
一人屋根に登って
軽々と身を動かし、瓦一枚一枚を点検するいつものおじさん
にっこりと歯を見せて笑うとき、その優しさがこぼれる
統合失調症で不登校になっている
息子のことなど忘れているように明るい
その無言の背中に私は救われている

春は山国にもいっせいにとりどりの花が咲く
桜もいいけれど、春の水が好きだ
枯れていた小川に、勢いのある水が流れてくる
きらきらと休まずに流れてくる春の水
打ち返された田んぼの土塊に
いそいそと沁み込んでゆく水
田圃の泥の中に昔父が麦藁帽子で立っていた

田植えを待つうれしさに
空から柔らかな風を呼び入れて……
待つということもいいものだ
地球を水の星と言ったのは誰
凄まじい洪水もあるけれど

命を育むのは水だ

花の幹は夜も水を吸い上げているだろうか
人の心臓が絶え間なく動いているように

春よ早く逝ってしまわないで

手紙

メールの出来ない私は、下手な文字でも心をこめて手紙を書いている。そして、自筆の手紙を貰ったときはほんとうに嬉しい。自分で書いた手紙はパソコンで打った機械的な文字と違って血が通っているような暖かみが感じられる。

「僕は昨日、仙台のアオキホテルで賞を受けました。賞金の中から貧乏している母さんに千円送ります。『レベッカ』の映画評で僕が第一位になったのです。ホテルのごちそうは胃袋をたまげさせるほどおいしく、母さんと兄ちゃんとシュウスケに食べさせたいと思ったとき、涙の一滴をスープに落しましたが、僕は飲んでしまいました。スープの味はちょっと塩がきいているような気がしたのも、僕の涙のせいでしょう。僕は涙の一滴も無駄にしない、将来成金になるかもしれないと想像すると楽しくなります。さようなら」

この手紙は二〇一〇年に逝去された作家、劇作家である井上ひさし氏のもので、暖かな詩情の中にユーモアの味も感じられ心の奥に深く張りついてくる。井上氏は五歳の時父を亡くし、母が土建業までして一家の生計を支えてくれたという。

苦しみや悲しみ、恐怖や不安というものは、人間がそもそも持って生れたもの。生まれ落ちた時から死へ向かって生きてゆくことが約束されている。この人生の中に苦しみや悲しみはみな入っているという。「笑い」だけは一人ではなされない。一人で笑ってみても面白くもなんともない。笑いは自分と外との関わりがあって作られるものと井上さんはいう。落語やお笑いも人が外で笑いを作って分け合っているからとも。人間が手に入れた言葉で笑いを作ることが幸せを呼ぶことになるのだろう、と。

井上ひさし氏が『手鎖心中』で直木賞を受賞したのは昭和四十七年のこと、

選考委員の一人、松本清張氏は「大型作家になる可能性は十分にある」と賛辞を送った。これは礼状を送った井上氏への返事で「井上ひろし様」と名前が間違えられて書かれていたという。これには井上氏も苦笑されていたという。

数行の葉書の文字にも、その人の悩みや心もようが映し出されている。病気で手の効かなくなった友がたどたどしい文字で書いてくる三行ほどの葉書が私の癒しになる。

先日、東京に住んでいる息子たちに採れたての野菜を宅急便で送った。近況を知らせる手紙を入れておいたのだが、しばらくして電話があった。

「お母さんの手紙の字何だか弱々しかったよ」という。「お父さんより先に死んだらだめだからね……」。

お盆を過ぎればもう秋の気配だ。続くかぎりの薄の原を眺めてみたい、涼しい風に吹かれて。

漱石のことなど

庭の草を抜いていたら花のおわった椿の木の下に、エビネが咲いていた。丈は十五センチ位で茶色の中がうすい紫色になっている小さな花だ。真直ぐに伸びている茎に十粒ほど並んでいる。根元から出ている葉がランのような感じだ。やっぱりラン科の花なんだなあと、しばし見入ってしまった。ずっと前、誰かにいただいて埋めておいたものだが、頂いた方の名前も忘れてしまった。手入れをしなくても毎年きれいにその存在感を見せてくれる。朝、庭の花たちと目を合わせると、少し新しい気持になる。

家の中に入って食卓の上の新聞を開くのが、この頃楽しみになってきた。朝日新聞が最近、夏目漱石の昔の新聞小説、『こゝろ』を読みやすい活字でふたたび連載しているのだ。単行本で若いころ一度読んだことがあるが、新しく読むような気持で新聞を読んでいる。そして切抜いている、どうしようというわけでもないけれど……。

わが家には昭和三十一年岩波書店発行の小型サイズの漱石全集がある。第一巻『吾輩は猫である』から第三十四巻まで。緋色に象形文字のような模様のある、あのお馴染みの表紙がなつかしい。『こゝろ』は第十二巻に載っていた。解説は小宮豊隆氏である。一冊の定価を見ると百五十円となっている。私達の結婚は昭和三十三年だったので、その当時は経済的に貧しく、本を買うこともままならなかった時代だった。漱石全集は全巻で幾らしたのか忘れてしまったが、たしかいっぺんには買えなくて、三回ぐらいの月賦にして貰ったという記憶がある。新しい漱石全集が本棚に並んだときはうれしかったと思う。

けれども、未だに目を通していない巻もある。初期の文章や書簡集などだ。今読んでみても決して古びていない文章力に敬服するばかりだ。

ケイタイだスマホだと騒がしくなかった明治という時代は、手紙が気持を伝える一番の手段だったと思う。漱石はわりと筆まめに手紙を書いていたようだ。

あの「心」といふ小説のなかにある先生といふ人はもう死んでしまひました、名前はありますが覚えても役に立たない人です、あなたは小学の六年でよくあんなものをよみますね、あれは子供がよんでためになるものぢやありませんからおよしなさい、あなたは私の住所をだれに聞きましたか、

四月二十四日　夏目金之助

松尾寛一様

小説『こゝろ』を読んだ小学校六年生の読者からの手紙への返事だという。明治時代の穏やかな時間の流れを思う。太平洋戦争を知っている昭和に生まれ、戦後の時代を生きた私たちにもう未来はあまり残っていない。でも子供たちに平和な未来があることを祈っていたい。昭和も遠去かってゆく。

秋めく

草　吉野　弘

人さまざまの願いを
何度でも
聞き届けて下さる
地蔵の傍らに
今年も
種子をこぼそう

去年こぼれた水引草の種が庭のあちこちに生えて、小さな赤い粒々の花が咲いている。朝日の中にきらきらと光る。この花を見ているといつも掲出の吉野さんの詩を思い出す。

種はどこにでもこぼれて咲きつづけてゆくが、地蔵さまの傍にこぼれた花の種は、きっと幸せも運んでくれるようだ。ああ、秋がまた来たんだなあと思う。

暑い暑いの酷暑の夏から一転し、日本列島は次々と大型台風に見舞われた。各地の災害の報道を聞くたびに、やっぱり地球がどこかでおかしくなってしまったかと、不安にもなる。けれど自然はおおらかだ。去りゆく夏へのはなむけのように、八月十日の満月が天空にあった。今月の満月はスーパームーンと言って一年のうちでもっとも大きく見えるのだという。月の軌道がわずかに楕円になっているため、月が地球に一番近いところを通るからだという。月が大きいか、小さいかなんて思ってもみなかったけれど、天体観測者は気の遠くなるような時の流れを測っているんだなあ……。八月十二日、十三日にはペルセウス流星群が流れる季節だという。明け方の空に一時間に三十個位は見えると聞いても、そんな時間には起きられそうもない。

真昼間の夏の空は月も星も何もなかったかのように、雲を運び入道雲を造っている。

昨日は塩田平にある「信濃デッサン館」開館三十五周年記念の集いが上田市のホテルであって出かけた。併設の戦没画学生の慰霊美術館「無言館」でも、大きな仕事をしておられる窪島誠一郎氏が世話になった皆様へのお礼の気持という会であった。

氏は若いころから絵が好きで好きでたまらなかったという。夭折の画家たちの絵が集まり美術館が開館したエピソードなどを、面白く聞かせてもらった。無言館で毎年コンサートを開く、天満敦子さんの弾く名器、ストラディバリウスの音色の美しさが深く胸に刻まれた。無言館の絵は窪島氏の胸にせまる解説文がせつない。今年はドイツの若き戦争犠牲者からの絵の寄託があったそうだ。戦後六十九年、語り継いで行かなければならないことの多さを思う。もうこおろぎが鳴いている。

あとがき

『山国の季節の中で』を出版しました時から、十五年余りの月日が流れました。その間、俳誌「梟」へのエッセイは毎月休むことなく続けて参りました。それは日記を付けるような小さな暮しの積み重ねでした。時局のことなどは、過去の出来ごとになってしまった文章もありますが、時の変化を思います。スペースに「梟」同人として発表した私の句もつたないものですが入れました。

山に雪がふっている平凡な日常の暮しを大切に、生きてきた証しとしたいと思います。紅書房の菊池洋子様にさまざま出版の労をとって頂きました。深く感謝いたします。

そして、これまで励まして下さいました多くの方々にお礼を申しあげます。

平成二十六年　十一月立冬

矢島　昭子

著者略歴

矢島昭子（やじまあきこ）

1936年３月14日長野県生

1958年矢島渚男と結婚

俳誌「梟」創刊より編集参加

「梟」同人

現住所　〒386-0404 長野県上田市上丸子399

山に雪ふる　奥附

著者　矢島昭子＊発行日　二〇一五年三月一四日　初版
発行者　菊池洋子＊印刷所　明和印刷＊製本　新里製本
発行所　〒一七〇-〇〇一三　東京都豊島区東池袋五-五二-四-三〇三
紅（べに）書房　info@beni-shobo.com　http://beni-shobo.com
電話　〇三（三九八三）三八四八
FAX　〇三（三九八三）五〇〇四
振替　〇〇一二〇-三-三五九八五
落丁・乱丁はお取換します

ISBN978-4-89381-299-5
Printed in Japan, 2015

JASRAC 出1501347-501